Akacje kwitną　Montaże

Debora Vogel

アカシアは花咲く　モンタージュ

デボラ・フォーゲル

加藤有子 訳

東欧の想像力
15

松籟社

アカシアは花咲く

モンタージュ

Akacje kwitną
Montaże

by

Debora Vogel

Illustrations by Henryk Streng (Marek Włodarski)

Translated into Japanese by Ariko Kato

目次

アザレアの花屋

一　街路と空

その日、街路が空を映した。空は灰色で温かい。空が灰色のとき、街路はいつも疲弊しながら甘い。灰色の温かい海のように。

その日、通りに居合わせた人たちの誰もが——思いがけない出会いを求めて身を焦がした。いつかも、そうであったように。

しまいに人びとを不器用で理解しがたい憧れが襲った。主人公の運命がこと細かに描写され、時代遅れとさえいえるような、長ったらしい小説に対する憧れ。

そうした小説は必ずといっていいほど、こんな言葉で始まる。「その日……」「通りが甘い灰色の海のような灰色の日（暦の日付がこれに続く）……、明るい色のコートと黒い山高帽の紳士がL通りを歩きながら、これまでの人生を総括していた……」

この小説はこんな調子で続くはずだった。いましがた、道行く人びとが突然、どうしようもなく恋焦がれたロマンスは、多かれ少なかれ、どれもこんな内容で始まる。

肝心なのは次のことだ。人生はどのような経過をたどるのだろう、どこまでも凡庸な人生に何が起こりうるのだろう、どのように無から——空色の空気から、触れられた物やべたつく退屈さから、平凡なひとつの出会いから——人間の運命が生じるのだろう？

ずっと昔からあるのに未解決のままの問題のように、とても古い問いが人びとを悩まし始めた。どう生きるか？　このときもこの問いは、初めて問われたときのように凡庸で、それ自体の凡庸さに無頓着だ。

海のように灰色をした街路で、このとき本当に、ほとんどの人がまだ気づかぬうちに、平凡な人生という新しいロマンスが始まった。

このロマンスに出てくる通りは、しなやかさとガラスと歩行の匂いがした。

そして、何かありきたりではない匂いが立ちのぼった——さまざまな物体の硬さと球体の匂い。この通りの空間は粘着質で弛緩した塊のように、奇妙な種類に凝固していく。さまざまな種類の円や平面に、それらは主として白や灰色をしている。

白くたっぷりした空間の布が一枚、この小説に現れ、出来事のように扱われる。この小説には壁が出てくる。恋しさのように、炎暑のように凝縮している。これらの日々、壁は現実よりもいっそう白く、灰色の空と待つことで塗り込められてメランコリックに白い、もしくは堅固に白い。

ここに現れる物は、球や四角、矩形の平面（使い慣れた名前ではドレス、家具、アスファルト、人間たち）。

この小説に出てくる人間たちは白や灰色、彩色の平面や球のような物を使って生きている。一度きりの冒険を待つように、そんな物を待っている。

おおよそこんな具合に、このロマンスの第一章が始まった。

「灰色の空の下、繻子《しゅす》のように白い壁が立つ。エナメルや紙のように見える壁。人びとが通りを行きかう。人生という名のロマンスから選ばれ、抜き出された姿だ。」

二　街路の塵

まさにこの瞬間――四月、粘着質の葉が現れる最初の月の午後――、こんなことが起きた。白い歩道の端で淡い黄色をしたひと摑みの塵が渦を巻き、歩道のアスファルトから五十センチくらいのかなり低いところで、いまだ青白い空中に散った。

何ひとつ語っていないような、去年か一昨年のこうした出来事こそ、すべては持ち場に戻るということ、決まった順番と変わらぬ規則で続いていくことを証言するかのようだ。

だからこそ、すぐさまこの出来事は人びとにとって、こんなにも重要なものになり、感傷的な気分を引き起こした。人間には、やり直しのきかないことがあるのだから。

この出来事が一連の奇妙な事件の出発点になった。そこでは、あらゆることが普段とは違って進み、いつもと違うものが重要だった。

こうして、平凡な出来事の恒例のシリーズが始まる。粘着質のニス塗りの炎暑、路上の歩行、コバルトブルーの「夜の通りという庭」。ざらついた物への憧れ。様々な物体、たとえば丸みを帯びた物、矩形、正方形の物、硬い物、粘性の物、弾力ある物、そして平凡な出会い、匂いを放つ金属のような出会い。

最後にくるのが「だめになった幸せ」の問題。人生の年代記にはすっかり馴染みのありきたりの問題は、こう呼ばれる。人生のどの年にも、何かしらの幸せの予定と負けの出来事がある。

淡い黄色の塵の塊は、炎暑と未知の可能性の匂いを放った。

そして、これ以上無駄にする時間はなかった。

三　リズムを刻む家々

まだ用意も整わず、使い古されてもいない物が立てる騒音と硬い動きは、生きることは意味に満ちて必要であること、無駄にする時間などないことを存分に証明している。

布地やガラス、紙や金属製品の工場ではどこでも、特徴のない灰色の空間のなかで、生《せい》というしなやかで温かい物質が生産される。灰色の朝七時にはもう、人間の魂から雫《しずく》となって流れ出す甘いもの（一般にエネルギーと呼ばれる）は、完全無欠の機械のように、世界の粘つく退屈さと緩慢さを硬さへ、出来事へと加工する。

ある時を境に、工場をつぎつぎと白い静寂が覆った。はじめは重くて粘つく塊だった静けさは、時の経過とともに悲しくて不器用な紙の塊のようになった。

一九三三年のこの春、またもや十数軒の町工場が操業を止めた。かわりに路上には人間たちの姿が目についた。あり余る時間を手にし、疲労をともなう冒険とはどのようなものだったのか、とっくに忘れてしまっていた。

粘り気ある花盛りをはやくも迎えた正午、路上のベンチに彼らは腰かけていた。まだ湿り気が残る早朝、いまだ青白い七時にはもう、大通りのベンチに座っていた。そのあと、濃紺の夜になっても、電気の奔流のなかに座っていた。頭上には勝ち誇ったような〈フォード〉、歯磨き粉〈オドル〉の広告。

巨大な商店のウィンドウの前で彼らは足を止める。洗練された凝った線が快い、素敵な響きのJean《ジャン》 Patou《パトゥ》、Molyneux《モリヌー》という婦人服店。〈レコード〉ブランドのネクタイ――もっとも凝ったネクタイ――の前で。

最初、足は歩むことを拒むのだが、そのあとはもう休みなく歩いた。

路上のベンチには人間たちが腰掛け、下を、歩道の灰色のコンクリートを見つめている。ベンチには人びとが疲れも感じず、小さく粘っこい葉を芽吹く木々に目をやることもなく座っていた。

工場ではそのころ、機械が微動だにせず突っ立っていた。退屈な人びとのように、紙製品のように悲しげに。そしてふいに、薄っぺらで特徴のない、とらえどころのない恋しさ。朝七時にして、すでに行くあてのない人たち。

何の義務もないかのように軽い青い大気の最初の月、粘つくつぼみの最初の月は、こんなふうに過ぎていく。

四　春と帽子のボール箱

この時期の明け方時刻、春が緑滴《したた》る大きな布となって波打った。近寄ってよく見れば、手のひら型のマロニエの葉やライラックの葉に裁断されている。葉は「人の心に似て」飾り気がない。

緑の海はそんなとき、家々と路面電車のガラス窓に波打った。灰色の水を湛《たた》えた海のように、正午に向かって膨らみ、それを過ぎると引いて、夜には緑の塊に凝固する。

粘着質の芽吹きと青い空気の第二の月がこうして過ぎた。

そのときみな、「生きる」ことを決めた――とはいえ今回も、実際のところは理由もなく、誰のためということもなしに――「生きる」ことが決定され、誰もが「生きる」というこの言葉を理解した。

こうして、炎暑が丸いガラス製の硬い花のように咲き誇る日々に向けた仕込みが始まる。長く待ち焦がれた出会いに備えるように。

緑をめぐる問題は、人生そのものとの遭遇のように扱われる。この季節にはお決まりのニス塗りされた不細工な炎暑と、前代未聞の可能性に代表された、人生の偉大なる出来事との出会いのように扱われる。いつものように。

一方でこの出来事は、それこそいつものことながら、ありえないほど凡庸な経過をたどった。つまり――

帽子と女性服を包む淡い黄色のボール紙や大箱、袋といった紙類がありとあらゆる歩道と通りを埋めた。薔薇色のマロニエの葉っぱが六月の灰色の街路を埋め尽くすように。

歩道と緑地帯には女性のトルソーが連なる。髪にウェーブをかけた、目のない古代のトルソーだ。みずみずしい緑のうねりを見る目も持たず、周囲で生起してはすぐに過ぎゆく珍しくも繊細なありとあらゆる問題の集積を見る目もない（古代のトルソー、美容院のウィンドウの半身像、通り

の女の胸像についた盲目の眼窩《がんか》が人生をじっと窺う。穿《うが》たれた穴は、幸せという未知の戦慄とその未体験の可能性に向けて張り詰めていた)。

人間の力が及ぶ範囲のことはなされた――それは人生に用意されたものを引き受ける手配。そしてこのとき、陶磁器製のトルソーは人生を然るべく、袖を通していない新しいワンピースのように、引き受けることなどできないとわかってしまう。

この年に流行し、流通したのは、ざらざらして目の詰まった厚手の布地。温かいクロム色と艶《つや》のない観想的な黄褐色。その生地には依然として、原料と人生の味気ない憧れと不安が残る。

これをきっかけに、新しくて柔軟性があり、未使用の素材の理解不能だが確かな働きも発見された。そんな素材は、不首尾に終わっていまさらどうしようもないことを忘れるのを手伝ってくれる。生きる助けになることに人びとは気づく。

五　灰色の海と心臓の殻

灰色のバルト海の浜辺では、黄色い砂の上にポプラが萌える。灰色の海辺では、灰色と人生に揺らめく水から幾千もの貝殻が吐き出されて転がる。

夏の街路という灰色の海に、突如、甘藻の湿り気ある匂いが立つ。この匂いが、突然開かれた可能性のような不安を街路に持ち込む。もう夏だ。

そのとき人びとは理解する。「待つこと」――人間の内部にある、不器用で粘着質の重さを構成する要素の定義――を捨てた生は、哀しく貧相だということ。それはまるで憧れという湿った海が吐き出す一枚の貝殻。

そのとき人間たちはもう一度、「憧れる」ことを欲する。いつかのように、まったく不器用に。

そしてふいに街路に、失われた事柄の巨大な葉っぱが落ち始める。やり直しのきかない人生の案件に遅れたとしても、大丈夫なのだということ、そのあとはもう、初めてのときと同じように起きることなどひとつもないということが、まったく疑いえないものになる。

くすんだ黄色い光のなかの重いバルト海のような灰色のこの日、これから起きることだけを欲するなどできない。

街路が海のようで、灰色の空を映し出すこんな日は、失った事柄への未練をどうすることもできない。

それでも。こんなにたくさんの日々が人生にはあり、こんなにたくさんの人がいる。忘れなくてはならない——人生には、わたしたちを待つ何かがまだある。

六　雨降る日々

そのあと、雨降る日々がやってきた。暦通りのこの日々は、黄色いニスからできているかのように、指に魂にくっついて、何もかもが思いがけない意味を持つような、とらえようのない広がりを

含んでいた。

やせて鈍い灰色が日々を彫りあげた。そして、けばけばしいポスターの壁に寄りかかり、誰も待ってなどいないのに、約束の相手を待つふりをまたもやしなくてはならない。

ある午後と黄昏時《たそがれどき》は、流行らなくなって久しい歌謡曲のとおりだ。「幸せはもぎとるもの、若いサクランボのように、時と魅力が散らぬうちに……」

この言葉はまさに、すっかり着つぶしたドレスの放つあきらめのような粘つく匂いを思い出させた。その記憶とともに生きるのは到底不可能であり、すっぱり忘れてしまいたいバツの悪い昔の状況の匂いを。

一九三三年の雨降るこんな日々、人びとに生じた不幸な出来事も、人生の構成要素のひとつとして復権される。それでも、人生からこれほどかけ離れて、ほとんどフィクションに思えることも、とても身近で、ほとんど平凡なことのように思えた。

その時、人びとは気づいた――いつからか、矩形という動きと形に結びつけられた英雄的な人生の姿でさえ、灰色の長く伸ばされた線と悲しい繰り返しのうちに、一滴のメランコリーを含むこと――メランコリーの一滴が人生に必要なのではないか、ということに。

だからこそ、「折れた心」や「もはや何も望まず通りをいく歩行」、そして「人生を待つこと」のような出来事のすべてが、思いがけないチャンスを手に入れた。これらすべてが人生に属することのように思えた。

雨で灰色がかったこんな日々、食堂フェミナでは丸一ヶ月、毎晩ひっきりなしに、歌詞ののったタンゴが流れた――「すべて……あるいは無……」。

七　アザレアの花屋

灰色がかった青をして、五百万本の足がゆく町には、巨大で平らで球形の花を売る店もある。

パリのモンパルナス大通りの花屋にあるアザレアは完璧だ。サーモンの色、オレンジの色。熟成した酢づけの鮭と球形のオレンジの果実の色を、百ものニュアンスで表現する。

普通の花が必要とするような長々と続く瞑想的な香りは、モンパルナス大通りのアザレアには不要だ。そのアザレアはサテンのような金属板や無臭の金属板からもできそうだ。魂のすべてを色に投入している。金属板のように、もの寂しい経験に満ち、理解しえない色にそのすべてを投入している。

ことは一九三三年の夏、書き留められた出来事と同時に起きている。

モンパルナス大通りの喧騒を突然、巨大な哀しみ――メランコリーのブリキ製の海が通り抜ける。どこをどう通ったのか、アザレアの店を通り抜けてきた。

それは連続する日々の、灰色で甘い一日。人間たちは手につかめる固い物体や灰色の壁を、色とりどりのポスターが貼られた壁を求める。明快で一義的な出来事を探す。アザレアの店の出来事は結局のところ、古くからよく知られていた、まったくありきたりなことにそっくりなのだが、鈍くて無彩色のこの重さをどこで覚えたのかは、長いこと思い出せない。そして、突然思い出す。それは、人生の何かが終わってしまい、それ以上何も起こりえないときに、いつも生じることを。

メランコリックで硬い金属製のようなアザレア、ありうる匂いをすべて試してみたようなアザレアのあるこの店の前で、人生は、そこではすべてが解決済みとなり、来《きた》るべきものは残らず過ぎ去った灰色の長い区間のようになる。

そして突然、完璧なものと甘い出会い、オレンジ色の優雅なアザレアが耐えがたくなる。

そして突然、脈略もなく、輪郭のはっきりしない部屋、大きすぎて道具と人でふさがれたような部屋があったらと望む。「逃してしまった運命」、「うまくいかなかった恋」、「不幸せな愛」……。

これが、ざらつく孤独に満ちた事柄と、野牛蒡《のごぼう》のように腫れあがった混沌の葉に対する憧れの雑草を膨らませ、繁らせる。

そして、人生の安っぽい小説のグロテスクなモットーのように、次の命題が作られる。

……完璧なものにはもはや、人生のための場所はない……。ここから鈍い物悲しさが生じる。あらゆる美しい物につきものの疎外が生まれる。だからこそ人間は、物のなかには手を加えられていない無秩序の一滴、ざらざらした疎外の一滴を必要とするのだ……。

そして、これほど遠い命題に導いたのが、悲しげな金属板を加工したような、何の変哲もないアザレアだなんて！

しかし、いつもこうなのだ。何の意味も持たないことが、人生の一番重要なことを思い出させる。

八　兵隊が行進する

とうとうやって来た夏は一風変わっていて、暦とちぐはぐなままに進んだ。黄色い炎暑もなく、蝿も蝶もなしに、夏はやって来て過ぎた。すべてがまだこれからというのに、暑さという奥行きある風景もなく、永遠にすべてが失われたガラス製の静寂もなかった。それでも夏はやって来て、過ぎた。

そのことは、陰影を濃くする木々の緑に現れていた。そのあとは、黄ばみ始めたあちこちのマロニエの木が教えてくれた。

（こうした夏はどうしてもあてにできない。人間たちは、葉が順に黒ずみ黄ばむに任せ、「心」――なんて古くさい言葉――が失敗した出来事で溢れだす器のようになるに任せた。）

それはあたかも、どこかで人生の計算書きがすっかり狂ってしまったようだった。優柔不断で鈍感な、この夏のように。

それでも数週間前――葉が粘つくこの季節の常として――「生きる」ことを人間たちは決意する。あたかも記憶からすっぽり抜け落ちていたかのように、生きることがいま決定される。人びとはもう何も欲しがらず、何もかもを確信がないままに行う。積極的に関わり合いになることなく、その瞬間になすべきことが何か、そのあとどうなるかなんて考えもせずに。

後日、人びとは奇妙な焦りに襲われた。人生にあるべきものをすべて取り戻さなければならない。

まさしくこのようにして、「人生を取り戻す」ことが表明された。

世界が昔からの計測済みでしっかりした土台の上にあること、いつでもまだ「人生へ戻る」ことが可能であることを揺るぎなく例証する出来事が、この破滅的な緊張の空気に入りこむ。

その出来事とは次のようなものだ。

兵隊が通りを行進する。大きな矩形をなして行進する。青みがかった灰色、太陽が出ていない暖かい日の灰色をした制服をまとう。そして、空色の軍服には——見事に磨きあげられた四つのボタン、きっちり球のかたちをした四つのボタン。

兵隊である人間たちは、垂直の姿勢で立っている。今、左足が上に、今、右足が上。そしてそれぞれの足が別々に硬い直角の角度でアスファルトに戻る。そしてふいに、彼らはその足で思考しているように見えてくる。角張って平らな事柄に没頭する行進中の足を使って、瞑想しているように見えてくる。軍服ときらめくボタンのついた、大きな矩形の空色の歩行の出来事について、考えているのか？

毎日同じ、あらかじめ定められた場所で、空色の

矩形が分厚い声の泉となって噴きだす。一番よく歌われたのがタンゴ、行進はそのリズムで維持された。

歩くことのこの三段論法は、この年、他のどんな出来事と比べても何ら変わるところなく、目的もなければ必要でさえないように見えた。それゆえ、人生にはぴったりの完全なあきらめをもって、その行進を扱ってもよいことにいまさら驚く人はない。引き受けて初めて理解できる物事のように。

こんなふうに、何が人生において重要になるのか、私たちには皆目見当もつかず、どんなことも、予定とは違って重要にもなりうる。この年、行進する兵隊の空色の矩形が、「人生へ戻る」ことを助けてくれた。それほどこの出来事は、人生そのものに似ていた。

順番に、ジャスミン、アカシア、最後にセイヨウシナノキが花を咲かせた。

そして再びほんの少しの間、「人生があまりにも少なすぎ」た。幸せがその範囲をみずから定め、「人生」の増殖を命じるときのように。

これらを引き起こしたのは、兵隊の空色の矩形。それは蠅もいなければ炎暑もないこの夏、幸せという役割を演じた。

九　船が黄金を運ぶ

まさにこんなふうだった。これまで書いたことのすべては、一九三三年の夏に繰り広げられ、まさにこんなふうだった。

すべては本物だった。そして、人間にとって生そのもののように重要だった。たとえ世界が別のシリーズと秩序に属する出来事に満たされていたとしても。

ここでいう別の、とは、物質の運命に関わることだ。そしてまさしく――ほかの何でもなく――、人間に運命づけられたこの不器用な物質を調整することこそが問題だった。しばらく、世界には無秩序という雑草が繁茂し、人びとは奇妙で盲目的な必要性と情熱に襲われた――人生を改造し、違うふうに整理し直さなくてはならない。そんな時間が、いま始まる。

しかし、この出来事は最初、次のようなかたちをとった。

スカルボフスカ通り二十八の、表面の剝げたビーダーマイヤー調の門の前に、失業者たちが待っている。毎月一日と十五日になると、踏みつけられて真ん中が窪《くぼ》んだ階段をのぼっていく。アルファベット順に。それからさらに待つ。「人生」を引き受けるまで、誰も勘定に入れない時間を待ちとおしたいのだ。

同じとき、ぎときぎとする石油、石炭、マッチの王様たちには、これ以上、粘つく素材や黄金、あるいは人生や幸せを元手に始めるべきことはない。彼らにとって、世界にはあり余るほどの物があり、必要もない生産品の山を使ってなすべきことはなかった。

このとき、いつもとはまったく違ったふうに重要ながらも、同じ程度に人生に属する見本のような出来事が生じる――パリのアザレアや行進する兵隊のように。

その時、明らかになったのは、世界には金《きん》が少なすぎるということ、高価なその金の茎を雑草が、購買対象の汚れた山が凌いでしまったということだ。このとき、緊密な景色と揺るぎないバランスに満ちたアメリカという国が、ものぐさで弛緩しきって、柔らかくて悲壮的なヨーロッパから、自分の金《きん》を引きあげ始めた。

ヨーロッパのあちこちの港から、〈ベレンガリア〉や〈リバプール〉、〈農民詩《ゲオルギッカ》〉という名の船が海に出た。〈マンハッタン〉という正気ではない名前の船もあった。

タールの匂いを放つ不恰好な二百五十の箱に入って、赤い金属が大洋を航行する。名無しで幻想的なこの運送に誰一人として注意を向けない。誰一人として、金《きん》が物に、ワンピースに、短靴に、じゃがいもに交換されるとは思いもしない。

この問題全体では、例えば、さっぱり理解できないけれども、中身は確かな赤い黄金と海の幻想的なコバルトブルーの風景が、重要になるかもしれない。

しかし、人はまだこのことを知らない。スカルボフスカ通り二十八の門の前にたむろする失業者たちには、いまだにあの日々――眠りから醒めたときのように、脂っこくて表情のない悪臭を放つ人生の素材を、香水〈パリの黄昏〉をワンピースのどこかにつけた見知らぬ女たちに贈る真珠に改造していた日々――のねっとりとした澱《おり》が残る。

彼らにはまだ、野牛蒡の葉のように、強《こわ》ばった苦さと退屈さという粘着質で陳腐な匂いがたっぷり染み込んでいる。彼らはまだ幸せを感じていない。金属と運動の匂いのする硬い物があるところだったら、どこにでもあるあの幸せを。

予定されている生の叙事詩において、これがまだ重要ではないことは明らかだ。そして、ほかのすべてが解決済みになることが待たれる。それでも、何がまもなく到来するのかは、もうはっきりしている。職業安定所の門前に立つことが醸しだす粘性の空気のなかに、それはすでに横たわり、残りの世界から区分けされた、この空虚な「立つこと」のなかで発酵していく。

まもなくやって来る。灰色の喧《やかま》しさへの腐食性の恋慕が増してくる。平べったい物体の不器用な甘さに対する憧れ、矩形の物体が備える穏やかなメランコリーと硬い完全なる球への憧れ。

「なんのため」とか「誰のため」を問う時間は、そのときにはもうない。

十　暦の夏

しかし、ついに暦の夏がやってきて、人生はいつもどおりの順序と秩序に戻ることができた。どこまで行っても停止せず、それ自身に似ても似つかぬ周縁的な時間から、あるいは異次元から迷い込んできた出来事の破滅的な連なりに、落ちこまぬようにという気遣いも要らない。

一方、こうした日々の見取り図には、もともと到来しうるもの、そして人生に属するものすべての悲哀が横たわる。こうした日々は全体が金属板のようだ。経験豊かで悲しげな金属板や、不器用なニスからできているようだ。こうした人生がいよいよやってきた。

人間に古くから備わる金属板のような不器用さ、粘つくニス製の炎暑、だめになってしまったこと、盛りを過ぎたアカシア、丸い広場の歩行と黄色味を帯びる樹木は、これ以上、別々に進むことはできない。

緑色のみずみずしい葉っぱ、匂い立つ色彩の塊と、負けて失ったことは、今もそれ自身に属していた。もう一度、これらすべてをひとくくりにして、珍しい手つかずの専門用語のひとつでまとめることができた。金属製で硬いワンピースと手と花の日々。金属、ニス、炎暑、通りや広場の歩行は、それ自身のうちに、不器用で甘い均一の硬さを備えている。そして、夏は丸ごと灰色がかった黄色の金属製のようだ。

そのとき、人間たちはどうにかこうにか幸せだった。幸せと私たちが呼ぶものは、まさしくこんなふうなのだ。

「人生に失敗した」人びとは、悲しみを感じることすらできなかった。彼らに起こったことは、ありふれた人生を構成する、理解されない無意味な歴史のひとつにすぎない。

十一 「永遠に砕けた心」

人生はそのとき、こういうふうに進んだ。誰もが知っていたわけではないが、その方向を定めたのは矩形、それは人生と灰色の冒険という英雄的なかたち。まるで、凝縮された硬い動きと甘いメランコリーの単調さに満ちた長い平面のようだ。

しかしながらこの年、丸さという要素が許容され始めた。それは柔らかな人間の体のようなかたち、懐かしさや待つことのかたち。それは、意味のない出来事でも必要なのだという必然として現れた。

そしてふいに、人生には幸せが必要なのだということが明らかになる。同時に、「砕けた心」を抱える人がいっぱいいることもわかった。

彼らは通りを歩いている。見知らぬ手と葉に触れる。

もしもそれが女性なら——帽子とワンピースを変えてみる。素材をこれからあれに、ざらざらのものをサテンに、暑苦しい色を涼しげな黒に。

しかし、それでも彼らは「生きることができない」。そう、生きることができない。彼らと生のあいだには、生起すべきだったのに生じなかった些細なことが立ちはだかる。本当はそれこそが、人生にいつも必要とされる幸せの一滴を与えるはずだったのに。

この夏、もう自分の心は永遠に砕けてしまったと語る人びとが、もう一度何かしら尊重され始めた。あたかも、彼らがわたしたちみんなと同じように、多かれ少なかれ、人生に起こりうる可能性の一例であり、図解にすぎないとでもいうように。

矢でずたずたに引き裂かれた平凡な心、ユトリロの薄いピンクの壁と、街のすべての外壁からできた心は、歩行と幸せ、十月と十一月の〈ペリカン〉印のクロム製の葉と同じ程度に、人生に帰属していることは確かだ。

streng
SERCA

十二　一九二六年のような山々と川

瞑想するコバルトブルーの山々と、冷たい金属製の水が流れる河川にまつわるあの素晴らしい冒険は、数年後にもう一度、「もう永遠に壊れて」しまってようやく、繰り返されるものかもしれない。

そのとき、青い霧に包まれた山々はもう一度、李《すもも》の木のかたちに戻り、人間の抱く水気の多い恋しさを思い出させる。灰色の霧に包まれた山々は、りんごのようだ。そのりんごは、午後の街路に捨て去られた人びとに対比される。一方、あやふやな水滴でもなく、青色の優柔不断な水滴でもない河川は、固い決意のようである。

そのとき、人知れず、あの冒険が始まる。人間は再び「人生」に属し、「忘れる」ことができる。千年の間、山々は一つ所に聳《そび》え、川は流れているのに「生きている」、ということから、この冒険は生じるのだろうか？　固くて悲劇的な決意に似るからなのか？　すべて――空色の空気と灰色の霧――が備わった今、もうこれ以上何も欲しくはないからなのだろうか？

こうして、かつて人生にすっかり打ちのめされた人びとが、「山への逃走」を頻繁に語っていたことをもう一度思い出すべきだとわかった。

そして、いつも絶望という粘つく味がした物事が、もっともありうるものになる。それは、わたしたちの生を奪う人間たちの姿と結びつく。彼らは時間を持てあまし、絶え間なく自分のことで忙しく、永遠に満足することがない。

いま、もっとも重要なのは幸せな人びと。彼らだけが「生きている」。

十三 「生《せい》」

はるか昔に流通から外れた「幸せ」の概念が片づいたら、今度は誰もが理解していながら、もっとも難しい概念である柔らかな言葉、「生」に順番が回った。

始まりはこうだった。一日は十月のガラスの匂いを漂わせた。葉は黄色い。空は暖かく青い。通りは灰色。

カルメリツカ通り三十八番の食堂フェミナから、タンゴのルフランが流れた。

……わたしたちの愛が誰に関係するというの、わたしとあなた以外に。わたしたちの愛が誰を傷つけるというの、わたしたち二人が傷つくときに……

この瞬間、はっきりした理由もなしに、柔らかなドレープの服をまとった婦人と、硬い山高帽と明るい色のコートに身を包んだ通りがかりの何人もが思い出した。「できるだけ長く、生を引き受けなければならない」ことを、そして実はみんなが未解決の生と、見込みのない年月、未使用の可能性を持つことを。

十月のガラス製のこの日、人びとに生じたすべてはこういうことだ——人生を利用しなくてはならない。

これこそが、ふいに再び必要とされた、生をめぐる長くて難解な論考の幕開けとなった。こうした問題は、とっくの昔から馴染みで、すでに解決済みのようにも思えたのではあるが。

この論考は安っぽくて漠然とした形式で書かれた。ありふれた夢想家たちがよく使う形式だ。「完全性を求める」人びと。魂とその混み入った冒険のヒエラルキーでは優位に立つ他の人たちに対し、「経験」面で競り合うことに長けた人びと。大いなる情熱を抱き、感動に震える身振りをもって、とっくの昔に発見されて解決済みの物を彼らは再発見する（わたしたちの生活において、それは主に美容師、マニキュア師、給仕——ショーウィンドウの向こう側で異なる生を運命づけられた人びと)。

この形式が結果的にもたらしたのは、生の粗悪さだった。その粗悪さは、何か「起こるべきこと」に対するパーケリン素材の期待と不可分に――あたかもそれが粗悪さの徴《しるし》であるかのように――現れる。

それでもこの事実は、無用な情熱のもつ苦々しさすら、いまや生じさせることはなかった。このときには、出来事の不器用さとブリキ製の甘さを、生きるという出来事そのものとして扱うことに、みな慣れていた。

十四　生をめぐる論考――第一章

路上へ、十月の琥珀色の夕闇に出れば十分だ。午後四時と五時の間のそのひととき、人生はいつも「壊れてしまって」いて、どんなことも私たちには起こりえない。

カルメリツカ通り二十五番のサロン・ド・ボーテのマニキュア係は、一九二四年の人形の型通りに髪を高々と結い上げ、蠟《ろう》でできているように見える。美容師はウェーブのかかった髪形をして、百花香《ミル・フルール》の強い香りを漂わせる。サロンの女性オーナーはと言えば、壁に掛けられていた修正のかなり入った一九〇〇年の貴婦人の写真のように、今でもまだウェストをぎゅっと絞って、鯨の骨のカラーをつけて、一九〇〇年最新流行の装いをしている。

カルメリッツカ通りの美容院のオーナーが従業員に向かって、そして居合わせた客みなに向けて飾り気もなく、いったいなんのために私は生きてるんだろう、という無意味な質問を差し向けた十月、夕闇は甘くて琥珀色をしていた。

その瞬間、あたかもその返事のように、蠟製のマニキュア係がライラック型のランプシェードの下で揺らめき、指を浸す水の入ったアルミ製のボウルを青色のドレスの女性に差し出した。続けて美容師が騒々しくも想像力豊かに、次から次へと髪にカールをかけ始め、注意深く愛情込めて、三センチ刻みのウェーブを一つ一つつけた。

そのとき若い研修生のいる側では、彼女が説明のつかない大慌てで、何の根拠もない騒音を立てて、黒と茶色の染料の缶を置き直してガチャガチャ整理を始めた。

こんなふうに、髪染め薬の入った缶の硬い列と淑女のいる安っぽい風景のなかで、この世に生きるには訳がある、という事実が明らかになる。でもこの環境下、この状況下でそうではないと言えただろうか？

いつもこのようにして始まった。なんのために生きるのか、という質問から個々の人生が始ま

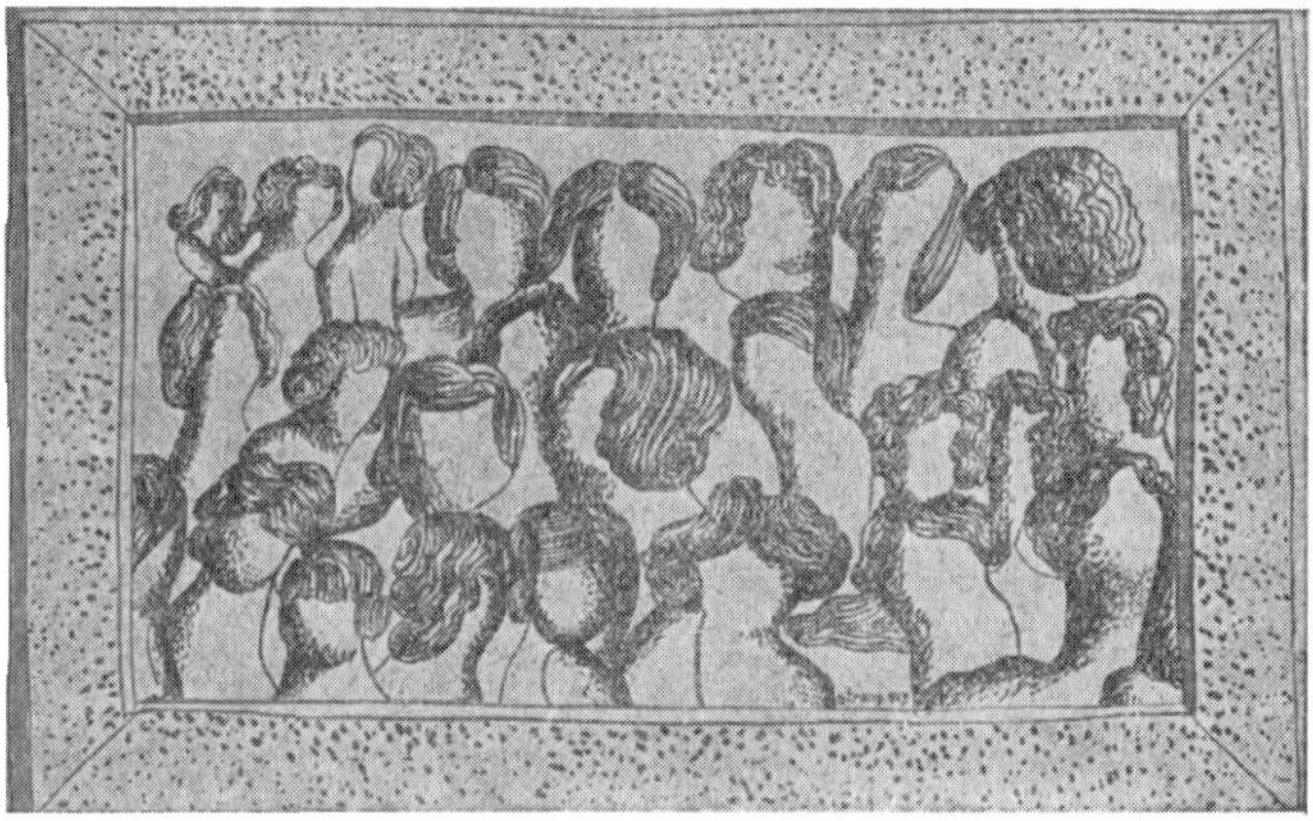

り、生をめぐる秋の論考が始まる。

十五　生をめぐる論考――第二章

「それでも生きることには価値がある。」

論考と人生の第二章は、いつもこのように始まる。

たいてい、それは夏。世界を形づくる粘着質で幅広く分厚い素材は、予兆と匂いと可能性のために発酵する。素材はいろいろな種類の塊に分かたれ、文節化される。ずんぐりとして垂れ下がって不恰好な塊、待つことのように緊張してしなやかな塊、平らで匿名で取るに足らない金属製の薄板の切片、それから、幅広くて自信にあふれ、過剰な自信で身を持ち崩した人生という素材から成る不器用な紙の一片。

これらすべては魂のこもった愛情深い輪郭のなかへと入っていく。体と胸、雑草、葉、壁、ガラス瓶と出来事という輪郭のなかへ。そんなとき、世界には何のために生きるのか、の「何のため」が存在する。

街の公園の散歩道をそのとき、丸い胸をした重いトルソーが歩く。肉色の硬いブロケード織、杏《あんず》色のブロケード織に、幅のたっぷりして無秩序な身体の層とうねりを押し込んでいる。この体は過剰だ。体は夏の大きな葉の匂いを放つ。可能性の数々で泡立つ。

だらりと胸のあたりまでドレスのはだけた老女たちがそれを眺める。そして、「生きることのできない」人たちも。

そのとき、通行人のみながみな、まったく同じことを考えていると確信できる——生とは不可逆的に過ぎ去ること、可能性に満ち、何千という予兆に満ちて、蜜のようなこの唯一の日は、二度と帰らないものとして過ぎ去っていくこと。

そんなときには決まって、ブロンズ色の炎暑。世界は炎天という沸騰した金属の球であり、生きることは苦労に価する。

CO

十六　生をめぐる論考の第三命題

十月という月は、全体が銅と灰色のエキスそのものから成り、生を論じるのに特別に適しているようだ。十月は概念という灰色の領域に人を惹きつけ、誘いかける。その領域が十月特有の灰色で瞑想的な光景によく似ているからかもしれない。

「人生を切り抜けねばならない」という、論考の平凡な命題は、この背景においてのみ可能であり、理解しうるのであり、こうした環境のもとでのみ許容できた。

（生とは、古くからよく知っている街の見知らぬ通りに似ているかもしれない。たとえば、そうした通りにある家々のファサードは、なめらかで正方形をしている。それは瞑想にふけっている家々だ。こうした家の角は、ほとんどビロードのように、ほんのわずかに丸みがかっている。そこにはまったく予期せぬ球形のバルコニーもある。側面の壁の不必要に低いところ、歩道のほとんど脇にある。それは壁という幹から乗り出した半円形の茎だ。その横には何やら得体のしれない種類の人間たちが住む、灰色でざらざらした家が突如、突き出る。）

十月のもう灰色になる午後の時間帯、グルデッカ通りにある指物師のSz《シュ》氏がカルメリツカ通りを通りがかる。テアティンスカ通りに向かう途中だ。そこでコバルトブルーのガウンを着た女性から、部屋の注文を受けることになっている。

その先、石畳何枚分か先を、光沢のないブロンズ色の素晴らしいラインの衣装をまとった女性が行く。素材は穏やかな瞑想に満ち、ざらざらしている。身につけているものとまったく同じ色の柔らかなフェルト帽をかぶっている。

光沢のないブロンズの女性は流れるように歩き、なだらかにカーブを描いた両脚の上で軽く揺れ、個人的な物思いのなかで、一歩一歩、歩道の灰色の石畳一枚一枚と結ばれる。家を出たときから、今やっているような、偶然が選ぶ通りをゆく長い散歩を予定していたかのようだ。

リヴィウの町のカルメリツカ通りは、「目的のない」歩行のために予定されているように、いつもパステルカラーの甘さに満ちている。ひとつの方向に向かって、ほとんど通りの長さ全体にわたって、均質で穏やかな白い壁が直《じか》に灰色の空、あるいは青い空とつながる。壁そのものが灰色の空の断片。それは、振動するありとあらゆる種類の魂を抱えた家々のファサードから自由だ。はっきりしない雰囲気を、そしてその雰囲気につきものの完全に取り乱した様子を通りに持ち込むファサードから自由だ。

生の諸問題を解決しようという点から、歩行という現象を考えるならば、歩行は目的なしでよい。実際、歩行はいつも疑いようもない目的を持つが、生の必要性が受け入れられ、認められ、確かめられたことを完全に証明するわけではない。

この場合、たとえば「忘れること」が重要ではないだろうか？　たとえば、修復不可能なものを忘れること、その思い出が川のように、抑えきれない情熱のように、ことあるごとに白い壁とクロム製のマロニエの風景にまで襲ってくるような物事をきれいさっぱり忘れてしまうこと。

光沢のないブロンズ色に身を包んだ女性はきれいだ。皮膚はピンク色の杏の表皮に張られた茶色の樹皮のようで、茶色の素晴らしい目をしている。彼女を通して——感傷的なカルメリツカ通りの加勢を得て――「忘れる」ことをいつも願っている魂が抱く安っぽい要求と陰謀が姿を現す。それは蜂蜜色の黄昏時、もうこれ以上生きることなどできないような時間。

カルメリツカ通りには、ほとんど車も乗り物も走らない。この通りは、遠く隔たる人生の中心と中心とをつなぐ交通の動脈ではない。だから、疲れきって落胆した人たちにはぴったりだ。めったに通らない車には馴染《なじみ》の客がいる。クルコヴァ通りの産科サナトリウムへ出かける女たち――数時間後には母親になる思いに憑りつかれ、抑えがたい熱狂に仮面をかぶせた女たち。

明るい色のコートの女性がマロニエの木々の下で、通りすぎる辻馬車のひとつひとつを覗きこむ。その顔には悲しみと甘さの軽やかな塵が積もり、この人そのものが秋の濁った葉のひとひらのようだ。

この時間帯、通りにはまだ、放心した急ぎ足で進む通行人が少しばかりいる。このような歩みは何の可能性も与えてくれない。このような歩みは、街路の特殊な内容を利用し尽くすことができない。通りでは、通行人たちの体と衣服が弾性と何か生命の意味のようなものを発散しているのに。こうした人びとは明らかに、いかに早く距離を稼ぐかということ以外を望んでいない。午後のこの時間は、勤務中のまだ強ばった時間帯か、事務所から家へ向かう帰りの時間だ。

そのとき、カルメリツカ通り三十七の食堂フェミナから、十月中ずっと熱狂的に回されていたタンゴのルフランが聞こえてくる。「すべて……あるいは無……」

そのとき通行人たちは、どこから来たのかわからない経験の層を自分の内に見いだす。「すべて……あるいは無……」という、最終的な処世術に対する注釈のような経験の層を。

タンゴのテクストが代表するこの定式には、魂の鈍くて野牛蒡のような繁茂に対するあてこすりはない。出来事と運命の貪欲な更なる浪費、あるいは「運命を待つこと」といった空気は排除されるべきだ。歴史と偶発事に先を越され、出来の良くないこの専門用語は、その無力さにおいて、「待つこと」や「あきらめること」のような概念を――状況認識のために――用いた、人生のあの頃をいまだに思い出させる。

このとき、この定式はまったく別の何かを意味するようになる。それはまさしく、生をめぐる最後の命題、「第三」命題のようなもの。その他の状況下では、「人生を生き抜く」とでもいうべき定式を意味する。

そして、このフレーズが俗っぽい歌謡曲のルフランのなかに繰り返されても、もはや何の助けにもならない。もっとも、この歌でさえ、このうえなく真剣な生に関わることは誰もが感じる。そうした生は、安っぽい陰謀の雰囲気のなかでも常に不変だ。

こうして、生をめぐる秋の論考が終わりに達する。それはいつも十月の終わり。黄色く錆ついた葉が、終わった出来事の乾ききらないペンキとメランコリーで匂い立つ。

このフレーズに対する注釈は、次のようなものだ。

選び抜いた事柄に人生の全情熱を投入するとき、幸せと呼ぶものに出会うことはめったにない。そんなときは、一．起こるべきことが起こらずに「心砕ける」か、二．起こりうることがいっぺんにやって来て、「生が少なすぎる」かのいずれかだ。

カルメリツカ通り。十月の午後の長々と続く黄昏時は、測り知れない生に対するこの即物的コメントを、思いがけない円天井と、膨らみあるちょっぴり悲しい色で満たす。一年を再び締めくくるいくつかの概念からなる平らな風景を、意味と甘さで飽和させる。

十月の黄昏時は、いつもこの時刻にやってくる。マロニエの木々や壁や複数の顔から、幅広の濁りある葉っぱとなって、悲しみがはらはら落ちてくるとき、この黄昏時はパステルの灰色をして、理解しがたい予兆に満ちていた。

今日は、感傷的な夕べが務めるこの最初のシフトはどうでもよい。今日、夕方はその素材の第二の層ともいうべき、この季節の青い黄昏時の光景を見せる。その上には、ざらざらした物が積み重なる。硬くて金属的な香り、歩行や物体、新品のドレスの名もなき匂い。

街路は粘つく刺激ある匂いで満たされた。雑草のようにぞっとする生《なま》の事柄、不可解な幸せを与える事柄の予兆でいっぱいだった。

十七　十月の夕べ

丸みを帯びた通りと歩道に、このときマロニエが育つ。今にしてようやく、目につくようになった。

もう赤みを帯び、暖かみある黄色をして、十月の空間を作り上げる青と灰色を覆いつつある。今やっと目につくようになった、温かくてクロムのような色彩の塊。

グベルナトルスキ大通りの曲がり角は丸みを帯びる。さらに行くと、カルメリツカ通りとルスカ通りの角。ちょうどそこでは、波打つ銅と温かいクロムの紙のような平らな塊が、かさかさ音を立てている。マロニエの木だ。

こんな夕刻、住居は断食のあとのようにみな薄っぺらだ。それに対して通りは、幻想的な予期せぬ大広間のようだ。動いている最中の身体の弾性とアーチ型に満ち、出会いにいつも付随する理解しえない中身で溢れんばかり。

この蜜色の午後、ウーチにある金属製品工場〈ジェントルマン〉のボイラーが破裂し、「十数人の死者を出した」（新聞はいつもこのように報じる）。そして疑いようもなく、世界ではこの夕方よりもずっと重要で、人生そのものを変えてしまうことが起きていた。その同じ時、このマロニエの木々は、人間を黄色い一枚の葉のような、黄昏と灰色の匂いで濁った哀愁の一片に変える。

こんな夕べ、黄色いマロニエの木の並ぶ灰色の歩道のなだらかな弧を、ぐるぐる回る以外にすることはなかった。歩道の弧は、不可逆的に過ぎていく何かのようだ。生そのもののように、黄色いランタンの燈《とも》る灰色の黄昏のように、それらを利用しないといけない。

それは奇跡のようで測りしれない価値ある出来事だった。意味すら理解不能な出会いのようだった。

私たちは自分の住むあの部屋この部屋に戻ろうというときまで、このとらえどころのない出来事、人生の夕方全体を埋め尽くしうる出来事を理解しようとしていた。そのとき、まったく予期せず、ことは次のように進んだ。

マロニエはその黄色さゆえに温かかった。通りは艶なしの灰色と琥珀製のビロードのようだ。歩道の角は柔らかく円を描く。

この角について、これ以上語るのは難しい。

こうして何も語られぬままに、一年のうちでもっともカラフルな出来事の一つの物語が生じる。

十八　生をはじめからやり直す

そうこうするうちに十月が過ぎ去り、透明な十一月が始まる。とげある雑草のようにねっとりとした静けさが、いまもあちこちの工場に眠る。新聞には、続く人員整理の報が溢れる。これは人間からパーケリンの気の抜けた香り、柔らかくておだやかなラシャの匂いを奪う。ガラスの冷たい感触と石油の悲しい粘つきを奪う。

人びとからしなやかな大いなる空間を奪い、見捨てられ、じゃがいもの皮のような平らな空間のなかに、彼らを置き去りにする。

一方、新聞には、いっそう頻繁に産科サナトリウムの広告が載る。女性の体は樹木のように、秋にもっとも多く出産する。

こんなふうに、生《せい》の新しいシリーズが始まる。そして、毎年この時期そうであるように、まったくいつも通りに、理解不能ながらも時間を埋め尽くす自分自身の重要事のために人生はいっぱいだ。その重要性がいったい何に依拠するのかはわからぬままに。

生はちょうど数ヶ月前に中断された場所で始まる。金属的な黄色い夏が始まると、その時期には決まってそうであるように、運命に対するコントロールが途切れ、ひとは用意のできた物や事柄に何かを期待する。あたかもそれが生涯にわたって、いつも私たちのために取り分けておかれ、いつでも取り出せるようになっているかのごとく。

中断された運命を引き受けて、あたかもその間になにひとつ起こらなかったかのように、一九三三年という年が終わった。

十九　生の平らな光景

複数の可能性と忘却、そして緑色の〈ペリカン〉の商標に波打っている春。春と十一月の間には、真っ白で凹凸のない光景の三ヶ月がさらに横たわっている。

この三ヶ月を計算に入れることはできない。平らで無表情で、何の見通しもない。捨て置かれた事柄の巨大な空間もなければ、可能性と予兆の作る丸い窪みもない。

この風景のなかの人間は、バロック風に葉を茂らせた樹木を知らない。人間の狂気という野牛蒡の葉が、人生を操作することもない。

人生の休憩時間のこの奇妙な風景は、これ以上何も約束してはくれない。ここではまったく逆のことが生じる。一度始まり、発議された事柄は、私たちのなかですっぱく発酵しながらじっと動かず横たわる。だからもう、これまで論じたこの時代の年代記を終えるときかもしれない。

それはありきたりの年だった。その年、人生にはこれ以上大事なことなどないかのように、例年通りの平凡な物語がすべて繰り返された。緑に波打つ葉の集積と待つこと、ニス塗りの炎暑と歩行の甘さ。花盛りのマロニエのピンク色の塊と失望。それぞれの年にはその年に固有の幸せの見取図があり、うまくいかなかった事柄がある。うまくいかなかった事柄も、時間の普遍的流れに生じる平凡極まりない出来事のように、人びとの歩く街路や歩行と一緒に冒険の並びに加わる。

わたしたちがいまいる十一月半ば、世界はその完全性の頂点にある。兵隊の単調な行進のように、世界は艶めく百万のボタンできらきら輝く。

四季の台本はいま、単調なもろもろの出来事の完全性にぴったり合う（年に二度、通りと空のこの灰色が繰り返される。ちょうど今のような十一月半ばと、最初の埃がアスファルトの上に舞う四月の終わりのどこか、あるいは五月の初め）。

葉の雫（テラロッサ、商標〈ペリカン〉）となって、そのとき悲しみがしたたる。それは、人生と和解した矩形のなかに、ふいに私たちが発見する理解不能の悲しみだ。

そしてついに、生をめぐる論考の結論に至る。人間は、生に予定され、必要とされる悲しみを入れるための壺のようであること、そして、すべてあるべくしてあるということ。この悲しみはいま、硬くて金属的だ――かつては流動体で繊細だったように。それゆえに今回もまた、いつもと同じ命題で終わる――やはり生きる価値はあるのだ。

このうえなくありきたりに、こんな風に、この論考は終わった――生のさざめきそれ自体ゆえにも生きる価値があり、生をどうこうするなどできない。

その一方、われわれは街灯がともされ、行き交う足と会話に満ちた通りの幸せの匂いと意味を知っている。刺すような石灰と鈍い粘土と金属板の未加工の生々しさを発する建築現場からくる幸せ、穏やかなラシャや不器用なパーケリンの硬い規則的な山が積み重なる店の幸せ、大量に物が蓄えられたところからくる幸せ。

物が集積し、群れをなす場所ではどこでも、弾力があって引き伸ばされ、何物にも似ていない人生の匂いが広く立ち上る。この匂いのなかに、これ以上分離することのできない悲しみの原子がある。

二十　注釈

こうしている間にも、十一月は続く。

経験や生きる試み、落胆の残滓は、十一月の灰色の風景に動かされ、生をめぐる二つの補足的注釈に出口を見つける。この注釈のスタイルは、もはや脚本など必要としない即物的な定理を思い出させる。それは幾何学的に書かれたシステムの定理、何について、どのような諸条件で、誰によって述べられるのかもわからないような定理。

第一の注釈。

何の体系もなしに、すべてが隣り合わせに並んでいる。まるですでに紹介した年代記のなかにあるように。葉っぱと生きる試み、幸せと分厚い素材の気の抜けた雫、目的のない歩行と一度生じたら永遠にそのままである輪郭に対する情熱、灰色に対する情熱。穏やかに均等に、出来事のファクトゥーラが人生を満たす。

これはまさしく、人生の理解しえない素材がもつ重さとファクトゥーラである。わたしたちは人生を「物と経験」と呼んでいる。こうして歯磨き粉〈オドル〉の広告は、咲き誇るアカシアの続きとなる。

出来事の粘つく厚い素材は固い秘密を持っている。人生の汚れた素材に直接関係する人間たちは、色彩性に至る道を知っている。

「素材の隠された秘密を知らねばならない」――生に対する第一の注釈。

二十一　第二の注釈

これはまだあの小説ではない。灰色の海と空のように、空と街路が灰色をした一年の初めの日、私たちが突然、甘い情熱を抱いたあの小説ではない。

それでも、これから到来するロマンスは、どれもこのように人生を扱うことだろう。すべてがそこに属し、プロットや続きが決して生じることのない年代記のように。

年代記は、ほかより大事かもしれない出来事を知らない。年代記にとって、すべては人生に属し、それゆえに等しく重要であり、必要なものだ。

年代記は悲劇的な運命の鋭利な角も、あきらめという塊も区別しない。ここではすべてが順番に、出来事の間のヒエラルキーなしに、続きとして生起する。あらゆる年代記のあの単調さ、時として耐えがたいまでの繰り返しはそれゆえ生じる。

人生はまるで年代記のようだ。匿名で気取ったところのない塊。

近づいて見てようやく、粘着質でほどけた人生の塊を、個々の運命と個人的な事柄へ解体できる。ひとつところで揺れている六月の緑の塊を――個々の茎と葉っぱに分けるように。

どの地点にあっても、運命を中断し、そのあとまた始めることができる。「生そのもののように」悲しげで幻想的で、銅製の板でできているかのような十一月、この月に中断されてしまった一年の年代記のように。

一九三三年

アカシアは花咲く

新しい伝説

一　マネキン人形たちの正体を暴く

始まりはこうだった。突然、何の前触れもなく、恋しさというバネで震えるマネキン人形のメカ

ニズムが暴き出された。このバネこそが、安っぽくて粗悪な出来事（「人生」……）を甘い運命のように、そして平凡な出会いを彩り豊かでかけがえのない冒険であるかのように見せていた。

こんなことがわかった。「だめになった出来事」、「失った年月」のあらゆる物語、「永遠に砕けてしまった心」をめぐるすべての物語――これらは時代遅れのロマンスから引っ張ってきただけのものであり、安っぽくてとても滑稽だということ。山高帽をかぶった強《こわ》ばった紳士の人形たちと、ウェストを絞ったしなやかな淑女の人形たちが、ぜんまい仕掛けのように動き出そうとしていた。互いに近づこうと頑張っていた――人生のたいがいの出来事はこれにかかっているのだから。人形たちはぐっと伸びたように見えた（胴と顔に見られるこの引き伸ばしは、哀しさと呼ばれる。そして、落胆と）。

そのあと何やら奇妙なことが起きた。これまで運命として扱われてきた、人生をめぐる色彩豊かな出来事が肉を、それも不安と量り知れない情熱で溢れんばかりの屠場の生肉を思い出させるようになった。

「色彩豊か」な「ひどい運命」――この冒険と出会いが突如、ぼんやりとして少し甘くて執拗な匂いを放つ、いつになっても準備のできない気の抜けた物のようになった。まるで醗酵しきったパン種や粘つくでんぷん糊のようだった。今や人間でさえ、粘つく生地や恋しさという生地でこしらえられたかのように見えた。自分自身の情熱を彼らはパン種のように醗酵させた。

指の下で、まったくの粗悪品のごとく、「人生」という名の長くていつも悲しい出来事が砕けた。

このとき、街中の広告と明かりから蒸し暑い菫《すみれ》色が消えた。無人の路上で起きた理解不能で予測もつかないアバンチュールに巻き込まれて苺《いちご》色の赤が消えた。レモンの悲壮な黄色さえ消えた――鋼《はがね》のような北の海やキューブのように幻想的なあきらめの色。

夜の町という濃紺色のりんごにネオンが映った。赤のネオン、空色のネオン。

この赤と空色は鉄のように冷たい。そして、冷たい鉄が町を支配しだした。

こんな具合に、町の新しい伝説が始まった。

二　新しい原料が必要だ

恋しさは人生の諸問題をつくる粘り気のある素材だ。柔らかであやふやな欲求だらけで粘つく放恣《ほうし》な物質を、人生から、あらゆる製品から排除することが決まった。

替わりにその場所を占めたのは、重さも雰囲気もばらばらの、灰色の凝縮した巨大な雫《しずく》。そこにはコンクリートの軽くメランコリックな灰色もあれば、機械のように強い鉄の灰色もあった。しなやかな鋼鉄、今あるものしか欲しない風変わりな金属板。最後にガラス、巨大で無色で冷えてしまった涙の不恰好な一滴。このように重たい灰色の雫からこそ、物の凝集した板ガラスを引っ張り出すことができる——運命のように硬くて決定的だ。

この世界ではメランコリックな銅が、どんなときにも必要になる平凡さと感傷の一滴を代表していた。

だが、新しい生の編成には、丸くて微笑んでいる陶器も、いまだに不器用なところがあるけれども加わった。

こうして、世界を構成する退屈で人形のような物質が、その生のもっとも完全なる段階に、物質の運命にとって決定的な人工的かたちの時代に入った。けれどもそれは、名を負い責任ある生であり、さらなる変化の放恣さから解き放たれてしまった生。心に響かぬ単調さを帯びて。

三　新しいマネキン人形たちがゆく

そのとき、人間にも物質の魂が発見された。

不器用な磁器の魂。

紙と木の魂。

鉄の魂。金属板の魂。

同時に、ショーウィンドウから街路に、人形たちと様々な人形の概念が飛び出した。こちらには、磁器製の悲しみや放埓《ほうらつ》の一滴を抜かりなく、オーダーメイドのように備えた女性の頭。その先をメランコリーが半分占める人形がゆく。そのメランコリーは、さほど深刻に受け取らなくてもよい。彼女自身まだ確信がなく、幸せの仮面をかぶるべきか、桜色のドレスをまとって悲しみのシーンを演じるべきかわかっていない。そう、石灰質の薔薇色や青色のこうしたドレスの安い生地さえも、生をめぐるこの込み入った問題全体に属しているのだ……。

人形たちのなかには、茶色がかったピンクと緑色をしたぼんやり呆《ほう》けた仮面もあった（昔のものではロートレックの仮面、新しいところではピカソに代表されるような仮面）。それから、ピカソの描くまん丸で気怠《けだる》い目をした梨型の女たちの顔もあった。こうしたトルソーがみな、右に左に傾きながら、これが一世一代の重要事とでもいうように、三センチか四センチごとに波打つウェーブをかけた髪を披露している。そのウェーブの間隔には偶然やむら気といったものは無縁だ。果たして、髪のブリキの海は、計測されたリズムで、不変不動の運命のように上へ下へと走る。

こうした人形たちの場合、メランコリーさえ、きちんと均衡のとれた硬い輪郭のなかへ収まる。黒々したヘンナで線描された眉へ、〈カメレオン〉ブランドの口紅でコンパスを使ったように描かれた口へ、頬の左右対称の二つのピンク色の染みへ。

線と平面のこの堅固な模様には、体の放恣な物質の原子一個たりとも、入り込むことはできない。そして、堅い輪郭のなかには体以外に、いわゆる魂も横たわる。魂は強ばった装飾模様にすっぽり入り、わずかにそのひと雫だけが動いていた——瞳の黒や灰色、茶色の一滴。

そのとき、瞳の重たいひと雫が、高価なメランコリーの素材のあらゆるニュアンスを発し始めた。

四　マネキン人形について（続）

紙は強ばっていて平らで、見通しがない。紙は悲しげだ。人生に手も足も出なくなった人間のよ

うに、青白い牛乳のように、薔薇色の大きな花模様のパーケリンのように。

一方、木は不器用な人間だけがそうなれるように悲しげだ。何もなしには生きていけない退屈な人たち、濃紺の空気と生そのものでは生きられない人たち。

こんな人たちが路上と写真屋のショーウィンドウに見つかる。結婚式が終わると写真を注文する。十枚、十二枚、親類一同と自分たちの記念に。

彼らは知っている。人生はやり遂げなければならない。人生にあるべきものをすべて、書き込まれた秩序通りに、然るべき時に（いつその時が来るかは人生が教えてくれるのだから、任せておけばよい）。

それでも、すべてがやり遂げられることはない。いつも、死が果たされずに残る。

五　人形の種類をさらに幾つか

鉄の魂。平行に走る幸せなレールの魂。ネジとバネが痛々しく作動する上にある、集中して澄んだ、素晴らしい機械の魂。鉄の魂を持つ人間は、生の柔らかくてあやふやな風景を突っ切って進み、運命の暑苦しい諸事に巻き込まれることはない。

一方、板金に似た人たちは次のフレーズを繰り返した。万事なるようになれ。灰色の板金は経験豊かだ。

磁器の魂を持つ人たちはと言えば、なにやらいつもびっくりしていて、不器用さからくる笑みを浮かべていた。磁器と紙に近いのは、だいたい女性だとわかった。男性は板金と鉄の親類といったところ。あるいは、鈍くて不器用な木の親類だった。

六　珊瑚の首飾り——叙情的な幕間劇

街路の陶製のマネキンたちは、珊瑚の色とりどりの羽毛に覆われていた。胸の丸みある円錐の上方で、ざわめきの球が膨らむ。木、ガラス、鉄がかさかさ音を立てた。

この金属製のざわめきは、物質のメランコリックなブロンズのうえに襞《ひだ》を作って横たわっていた。ビロードの観照的な黒のうえに、そしてテラコッタ製の商標のついた物思いにふける物質のうえに。

一方で、赤い珊瑚の首飾りが百もの温かく脈打つ放恣な肩から引き剝がされて、街路とショーウィンドウから姿を消した。鋼の一日のように静かで、灰色の海のメランコリーでさざめく真珠も消えた。

ガラスと鋼鉄製の新しい首飾りはひんやりしている。見知らぬもののようでもあり、今あるものだけ欲するときの人生にも似ている。

女性たちは金属製のざわめきに浸る。レダはかつてこんなふうに、白鳥のふわふわした和毛《にこげ》に身を沈めた。マックス・エルンストの描く女性——目が見えず、肉づきがよくて残忍——も、こんなふうに、イデーのように盲目で壮大な鳥のブリキの羽毛に巻き込まれている。

磁器のひんやりした魂を持つ女性たちはいまや、冷たい金属と硬く静謐《せいひつ》さを保つガラスに愛撫を許した。

可能性に満ちたガラス製の宝石、甘いガラス板や珊瑚の首飾りにもなりうるガラス製の宝石が手に入るというのに、肉づきがよくて人生のように単調で、ビロードのような真珠がいったい何だというのだろう？　われわれには詳しくはわからない固有の生を営むエメラルドとルビーの蒸し暑い涙、地球の重力と悲しみでいっぱいの涙がいったい何だというのだ？

一九三二年二月二十日、新聞はカナダのキンバリーにある世界最大のダイアモンド鉱山の閉鎖を報じた。ダイアモンド市場の不況の結果だ。

こんな具合に、ダイアモンドは必要ではないことが明らかになった。そして、真珠のビロードのような涙も必要ではないと。とても複雑な生をわれわれから独立して営むエメラルドとルビーも。その間に、人工の珊瑚の首飾りが商店のショーウィンドウを埋め尽くした。人工の珊瑚は、人生にあるたくさんの日々の、それぞれの日の恋しさに寄り添うことができる。

七　りんご、オレンジ、レモン

これまで果物は理解されてこなかった。ひとは果物に果肉というむら気で泡立つ繊細な物質を見ていた（ルノワールの描く女性たちは果肉で作ったように、りんごの赤の肌あいで描かれた）。しかし、りんごは隠れた魂を持つ。オレンジは球形の空間であり、わたしたちが思うようなものではない。レモンもガラスのような液体と冷たさからなる存在だ。

本当のところ、球形の果物はそれ自身に似ていない。物質そのものの性質や乱暴なまでの放埒さにも、ぼんやりした欲望にも似ていない。

こうして今、べたつく柔らかな物質よりも、きらきら光るニスと油っこい艶《つや》のある絵の具のほうが、よほど果物の体にふさわしいことが判明する。絵の具とニスの果物が、果物の魂、甘い球を呈示する。

こうして、不安でいっぱいの体をした肉厚な果実は不要だとわかった。

店の看板に描かれた果物の隣で、人間たちがニス塗りの青い丸い点々の目で見つめる。空でさえ、硬くてひんやりしたニスでできているような七月の正午、空の青色で笑う。

こんな具合に、ニス塗りの果物たちが冷たくきらきら光る生命の世界に入っていった。

八　皿とグラス

そのとき、これまでガラスと磁器製のひんやりした存在の魂も理解されてこなかったこともわかった。

一日に五回、グラスと皿は人間たちの集まりへ、人間の生活とその灰色の出来事の秩序に連れて行かれる。

その合間に食器棚に並ぶ。棚板、仕切り板のうえに横たわっている。人びとがそれらのひんやりとした魂を、甘さとまん丸の輪郭を必要とする十五分を待つ。

バランスの一滴でそこに留まるこの輪郭が、空中に描かれた透明な磁器の線なのか、それとも白い球に凝固した青く果てしない空気そのものなのか、もはや誰にもわからない。大いなる空間が一瞬、食器の輪郭線のうえに停止し、自身の広大さや球の冷たい塵を振るい落としてさらに進む。石に似て悲劇的で、新しい可能性のために重たい。飾り気のない食器の重大さと世界におけるその運命は、もしかしたらこれにかかっているのかもしれない。

この発見は「生活の幾何学的な出来事」をめぐる伝説が生じたときになされた。

九　山、木、海

遠くから見ると、山々は悲しげな濃紺のりんごや李《すもも》のように見える。孤独で悲壮な領域だ。近くから見ると、それは木々の平凡な緑で覆われた不器用な大地の盛り上がりだ。そして、山に生える雑草のように、ばらばらに木が育つ。憧れと不満でいっぱいの鋭角の下では、垂直な幹が枝と葉っぱのバロック式の重い塊を、緑と色彩のひと山を投げ出している。緑に埋もれた木々は全空間を肉厚で放恣な不安で満たす。

それに対して川は変化なく流れる。千年にもわたって。海は一定の間隔で揺れる。海と川は雑草のように増えることはない。一本の緑の木が塊となって揺れるように波打つ憧れや粘土のように、こぼれ出すこともない。

海は七という数字に従って生きている。海は固い灰色の凹地に生きている。そして、あらゆるもので満ちている。

それから、街路のコンクリートの海と、壁のコンクリートの風景——垂直としなやかな水平の幹と枝を持つ植物——は、灰色の海の数字と川のリズミカルなパニックに従い生きている。

人生と折り合いをつけたかのように穏やかな鈍角のもとで、垂直と水平の景色が育つ。たくましく、欠けるところなく、直角のバランスで満たされている。壁と窓の灰色の植物が、日々ののっぺらぼうな平野を出来事で埋める。

この風景のなかで人間の運命は、いくつもの壁がある巨大な塊の硬いへりのように隣り合い、互いに近づき、浸透し合い——算定された時間の間隔をおいて——これを最後にやり直しがきかないものとして、ばらばらに散る。灰色の海と澄みきった川の波のように。

この風景には、誰も必要としない手と心の場所はない。

いつもここには、誰も必要としない心と無用の二つの手で始めるべきものがある。

十　しかし生《せい》の周縁部では……

どこか、生の周縁部では、二階、三階、四階までの高さの空間をまだ書き留めることができた。この空間は夕方になると、商店の照明で光るショーウィンドウの高さになり、時刻は七時、濃紺の蒸し暑い夜の始まりに商店とともに閉じた。

コバルトブルーの薄闇のなか、この空間はもう一度だけ存在を示した。街灯のガラスのような黄色の花々の周りに湧き出した。そのとき空間は平たい渦であり、悲壮な可能性だった……。蒸し蒸ししたメランコリーで愛撫してきて、永遠に失った物や、いつなんどきもう一度起きてもおかしくない遠い事柄についての遠い可能性で誘惑してきた。

そのあと淡い黄色の日、何度目かにまた、夜に咲くガラスの花がガソリンを使った時代遅れの街灯であったことが確認された。しかし、それでも依然として、前代未聞の出会いが待たれた。ここで生はこんな具合に過ぎた。

十一　生の中心で

いっぽう世界の中心では、すべてがモノトーンという誇り高きリズムで進んだ。古典主義的な町、垂直と水平の見事な木が育っていく。

世界は高価な素材のような灰色の冷たさで縁までびっしり一杯になった。そして生は、情熱という醗酵しきった赤茶色の雑草なしに、憧れという鈍く乳白色の雑草もなしに展開していた。そして、この生にこれ以上ぴったりくる雛型は、矩形のかたち以外になかった。

憧れや疲弊、確固たる断念のような経験でさえ、灰色の形象——楕円や円や正方形を雛型としていた。

憧れは何かに向かってぴんと張り詰め、そのなだらかな楕円形の弧に閉じる。疲弊はそれ自身を作る物質に沈み込み、それゆえ円のように、密度の濃い不動の単調さに満ちている。断念は、これ一度きりであるかのように——正方形のように固い。

世界から、制御されていない生《なま》の動きが姿を消した。それぞれの場所にありうるものはすべてあるのに、何のために物や足を動かすのか？　通りは空のように灰色で黄色い。そのあと再び、空のようにコバルトブルー。人間は待っている。灰色の物は待っている。黄色い太陽がこちらに、あちらにぶら下がる。

そしてすべてがすっかり終わったとき、世界の精髄は例えばこんな事実となって現れた。あたかもその間、何ひとつ起こらなかったかのように、毎日、通りに同じ数の足が並び、積年の問いを稼働させた。どう生きるか？　その間、何ひとつとして起こらなかったかのように。

こうして、世界の精髄が発見される。不動ということ。

転落

十二　粗悪品が世界に溢れる

……そして、市場に人工の安い製品が現れた。そして、もっとも重要ではない物がいつもそうであるように、この目立たない生産物も、何かしらの変化の最初の兆候だった。

散っては歩道を埋め尽くすマロニエの赤い花びらのように市場に溢れ、それはちょうど、執拗な味気のない憧れが退屈な人びとの人生から溢れるようだった。

こうした製品とともに奇妙なことが起きていた。製品は二重になり、次々受精していくかのように無限に増えた。世界にはもうあり余るほどあるというのに、それでも増え続け、ますます互いに似通い、いかにも誂《あつら》えましたといわんばかりの幻想性と、型通りの気取りのなさを注文通りに備えていた。粗悪品の放恣で野性のままの生産を抑えることは、もはや不可能だった。市場にある製品すべてがひとつの値段。あらゆる商品がひとつ十グロシ、ひとつ——グロシ十個。

それで入手できたのは、黒と茶色の靴紐、一足分二本で十グロシ。ハンカチ——本物のリネン——十枚で一ズロチ〔百グロシ＝一ズロチ〕。手に入ったもの——サボテン用の台座、針金で編んだアイロン置き、すばやく固くネクタイを締める装置、電光石火の糸通し器、ヘアアイロン——五分でウェーブ完了——、それからなんといってもタンゴ。「レベッカ」、「君の愛」、「秋のばら」、「愛していると君は言う」……これらがきっかり十グロシ。

こうした商品は、これほどの渋い威厳と燃えんばかりの情熱で売られていたので、粗悪品が人生における唯一の代替のきかない役割を果たしているかと思われたほどだ。世界はまさしく、きっちり紐を締め上げた黒や茶色の編み上げ靴の上に立っていた。

いま死んだばかりの人間のベッドの下には、まだ歩いているように靴が立っている。黒い靴、茶色の靴。

十三　パーケリンが膨らむ……

一方、既製服の倉庫には、大きな花模様や縞模様の薄くて安価なパーケリンが山と積み重ねられていた。これらの模様は、俗悪ながらもお伽話《とぎばなし》めいた色をしていた。ガマズミの朱色、菫色、草の緑色、あるいは空色、ダリアやオレンジの赤色。

パーケリンはごわごわして乾いていて、果肉を持たない。ときどき、不恰好ながらも何かほかのものになろうと試みた。たとえば、やわらかな絹や肉厚のベルベットに見せかけようとしたが、パーケリンはその光沢すら平べったく強ばって生命を欠いていた。

しかし、いっそう硬いのがチェビオット種の羊毛織だった。鋭い角をなして折れ曲がり、角張った平面へ流れ出た。そのうえどんな色も、この素材の強ばった繊維にのり続けることができず、色の甘い退廃とひんやりした観想によって、しなやかにすることも叶わなかった。どんな染料も乾いた石灰のように、チェビオット織から跳ね返ってしまい、そのためにこの織物は悲しくぼんやりして見えた。

いまやすっかり流通から外れたのは、色鮮やかなベルベット、波打つ絹と指を心地よくくすぐる羅紗《らしゃ》。それから秋のしなやかな銅色、珊瑚の冷たく幻想的な赤、鋼鉄の甘い灰色が消えた。

通りにいた女性の陶人形が群なして布地店に押し寄せた。押し合い圧《へ》し合い、騒々しく、さらさら音を立てて、見たこともないほどの慌ただしさで、ありったけの花柄のパーケリンと縞模様のチェビオット織を買い尽くした。

世界に粗悪品が溢れ返った――おまけとして生まれた怪物、ミニチュア化された冷たい何かの副産物。そして、雛型から外れてしまい、もう何にも義務を負わずに、軽々として自立した生を営むことを決意したひしゃげた仮面。

こんな具合に、生活そのものが粗悪品で溢れ返る。十月の灰色のように甘くもなれば、出立や全人生で一度きりの出来事のように悲壮で傲慢にもなれる、そんな垂直と水平の世界の戯画だった。

十四　幕間劇——コーヒー

遠いブラジル、ジャワ、スマトラから、数百万キログラムものコーヒーがコバルトブルーの海へ押し出される。一九三二年には三百九十万キロ。

空中に銅色の環が散らばった褐色の平野の何キロにもわたり、コーヒー豆の卵形の灰色の実が堅く締まっていく。この実の中には、ビロードのようで、十月の灰色の一日のように苦い液体が、歩くことが新鮮に意識されるような見知らぬ街の匂いにいつも囲まれ横たわる。

人間がコーヒーを飲むのは黄色い灯りのともる灰色の夕方、またもや何かがだめになってしまった夕刻。

だが、ブラジルやカリフォルニアの黒人の誰一人、コーヒーを飲まない。ヨーロッパの工場で働く白人の誰一人として。コーヒーを飲むのは、世界中でも北の鋼の海と南のコバルトブルーの水の間にいる限られた数千の人々。それならば、必要とされない人間にも似た何キロにも連なるあの低木は、いったい何のためにあるのだろう？

それでも、コーヒーは執拗に一帯に生い茂る雑草とは違う。コーヒー――それは何百万もの規則正しく堅いアロマの楕円、それは甘美な弧というかたち。

楕円のこのような雫を、その辺の雑草のように扱うことなどできない。それだから、コバルトブルーの海へ贈り物に出すために、黒人たちの疲れ果てた手のひらがそれらを撫でさする。

コーヒーは世界にとどめておくべきだ。

十五　転落（続）——冒険が求められている……

ふいにまた始まった。人間たちは路上で冒険を探し始めた。愚かであろうがただただ重要な出会いを求め、再び誰かのためだけにありたいと願い、とびきりの運命を待ち受け始めた。平凡で肉厚の「生の色彩性」がそっくり戻ってくるべきだった。

このとき、英雄的な灰色の時代には現役を外れていたタイプの人たちが復権する。絶えず幸せ捜しに没頭する人びと、「打ち砕かれた人生」の持ち主、一晩の長さも「人間なしに生きること」のできぬ人たち。

（こうした人びとの人生において、経験は何ら意味を持たない。「幸せ」の正体を暴くためにこそある失望が、その役割を果たすこともなかった。）

彼らの人生において、ひとつの事柄が出来損ないの放恣なパン種のように醗酵した――この種の人間が育ち過ぎの執拗な毒ある雑草そっくりになり、誰にかれにと構わず、自分の物語の醗酵しきった茎と蔓と「経験」という粘着質の葉を無造作に投げ出すまで。

このような人びとが再び循環に戻った。

すると突然、テーブルの周りと壁際に、黒に身を固めて山高帽をかぶったかっちりした紳士たちと、引き伸ばされた哀しげな胴のしなやかな淑女たちが座を占める。そしてまたもや、「まだどんなことも起こりうる」日々を待ち焦がれる。

世界のそこかしこで、いまだに灰色という色、確固たる決意、断念する運命が縺《もつ》れあっていた。しかし今では、これらの物事はパン種のように溢れ出てくる、べとついた欲望のただなかで、その不器用さゆえに、もはや感傷を引き起こすだけだ。

これらの場所に返り咲いたのは、人生という英雄的で灰色の身振りを模倣していたものの、角を削られ目標のない身振りを積んだ、まったく不要な底荷である。

しかし、この動きも状況も、責任のないカラフルな気球のように軽かった。人生の奇妙な冒険に似ているとはいえ、こうした出来事はあてにもならない。

アカシアは花咲く……

十六　環《わ》は閉じる

いま起きたことのすべては、人生が完璧で不動で決定的になったことから始まった。人間は英雄的な単調さに長くは耐えられないことがわかった。待つことと思い出すことを奪われた日々の灰色の装飾は、あまりにも悲劇的だった。

すべてはあまりに完結していて、あまりに計画通りで、世界にこれ以上やるべきことはなかった。生《なま》の事柄が再び必要になった。

どこかで原料が待っていた。重く、汁気が多くて腐食性の原料が。

茶色の亜熱帯地域で、カリフォルニアの熱い砂地で、花開くつぼみのように堅く詰まり、すべてを灰色のヴェールで覆う霧に包まれたウラルやスカンジナビアの灰色の山々で。

どこかで運命が待っていた。色とりどりの、賢くはないけれどもひとえに大事な運命が。

そして、大地がやせて平らで幻想性をあまり引き出せないところ——そこではねっとりした粘土が、やせた砂が、無色の砂利が待ち受けていた。曖昧で何の可能性もないとはいえ、これらの素材も出来事のようだ。

見知らぬ事柄がこっそり待ち受けていて、もう一度すべてを初めてのときのように約束した。そして、「生」に帰る。

十七　アカシアは花咲く……

ふいに、広場のアカシアが花開いた。そのあと、起こらなかったけれども起こりえた物の哀しい匂いで、あらゆる街路を満たした。

それはちょうど六月、われわれの手と心を混乱させる粘着質の匂い漂う三ヶ月のうちの一月。葉は肉厚で緑色そのもの。葉の緑の体が窓と日々をいっぱいに満たした。

そのあと、あらゆるもので匂い立つセイヨウシナノキが加わった。こうした開花や繁茂の物語は無名だ。

　こうして、重要で偉大な出来事の時代が再び始まる。これまで理解されなかった重大さを帯びる、哀しくて悲壮な事件の時代。それはあの「不運な出会い」、「不幸せな愛」であり、哀しい――手の届かない――幸せなのだが、それでも「幸せ」であることには変わりはない。そして、ふたたびアカシアは花咲く。

　こんな出来事は、そこからは簡単には戻ってこられない領域に人を引きずり込む。そこではあらゆる可能性が、一本の枝の葉と花々のように大きな束になって横たわっている。そこでは街灯は「ガラスの花」や「ガラス製の果物」であり、夕方の灰色の皮膚は、見知らぬ街の青い雰囲気に似る。

　これらの地域には知られていない幸せがある。そこでは人間は人間たちのなかに搦《から》めとられ、これ以上彼らなしには生きられず、彼らと生きることももはやできない。

十八　秋の会話

そのあと、灰色がかった黄色の太陽と銅色の葉の月がやってきた。

青白い街路に、煮詰めたコンフィチュールと葉の匂いの苦さが漂った。

その匂いは奇妙なふうに、規則づけられた運命と整理整頓された人生を思い出させた。

そのあと、「生きることそのもの」のように理解不能で、終わりのない会話の連なりが始まる。

それらの会話は、黄色になるには灰色の雨と甘く静かな霧を必要とする秋の葉に関係していた。

テーマはこの甘い灰色の雨と、しばし続くビロードのような霧。まだ緑がかっているけれども弱ってしまった葉っぱをこの霧は覆う。灰色の霧の哀しみに包まれて、葉が小さくなるまで覆う。

そのとき、これまで見過ごされてきた大事なことが注目を集める。たとえば、この葉が灰色の霧のなかではまだ緑色をしているが、午後のクロム色の光のなかでは赤錆色をしていること。灰色の壁は、空の鉛色の海のなかで静寂のために白んでいき、青空の日には、セルロイドの長方形がついたふわふわした紙のボール箱のように軽く、コンクリートの壁を真似しているだけのようであること。

一方、この会話は、今こそ最終的に解決されるべき、とても重要で繊細そのものである事柄を代替した。愛の告白と説明、理解不能の幸せ、そして、この決して解決できない問題――どう生きるか？

実際、何ひとつなされてなどいなかった。なのに、たくさんのこと、人生で達成できることはすべて、なされているように見えた。

そしてふいに、人びとは人生に責任を負うことを感じた。いまや硬くて責任あるかのような匂いを放つ葉に関する問題に似たことが、彼らにも生じる。

こうして再び始まる。人生から物と運命がやって来る。それらは様々な状況の細部や期待、落胆となって広がり、予期せぬ意味と丸みを含んで増大する。

人生はこのようにして復権される。いつも「砕けた心」で始まり、固い決意（「生きる」）、あるいはすっかり使い古された流行おくれの用語では「あきらめ」で終わる甘い粗悪品が復権される。

十九　じゃがいもの平原

じゃがいもの小さく硬い花が香る。

じゃがいもの白い平原と菫色が甘く香り立ち、粘土のようにかすかに生っぽい匂いがする。少し放心した小花模様のごわごわしたパーケリン製のようだ。

実際、じゃがいもの白く菫色の耕地にパーケリンの退屈さが匂い立つのは良いことだ。そして、出来事と原料が退屈さのために膨れ上がることも。

退屈という粘着質の物質が世界中で待っている。自身の運命を待っている。たとえば幻想的な銅、色鮮やかな鉄、そして、ありきたりで字義通りの粘土という素材。粘土からは人間を作ることもできる。

生《なま》の粘着質の原料が自分の運命を待っている。世界には、まだやることがあるのだ。至るところに巨大な束となって転がり育っていく人生を、ただ引き受ければよいだけ。育っていく。満ちていく月のように。どこからやって来たのかわからない、醗酵しきって雑草のような液で膨らんでいく。空色の空気から来たのだろうか？　ありきたりの出会いから？　だめになった物と日々から？

一九三二年

鉄道駅の建設

一

世界にはとてつもなくたくさんの空間がある。要らない不器用な空間。

ああ、平らで、ゆったりとした空間。灰汁《あく》でこすって磨かれた大きな板張りの床のように退屈な空間。その退屈さというのは、暦の上の日曜日という丸みを帯びた風景のようだ。そこでは数時間分、自分の運命をどこかに置き忘れた人たちがいる。そして、散歩をしている。

人生がだめになってしまった人間のように退屈な空間。空間は重い。運命を欠いた人生のように。

巨大で空っぽな涙が絞り出す空間。その涙は誰のためでもない。

世界に空間があり余る。不格好な人形めいた世界の空間で、何かを始めなくてはならない。

二

新しい鉄道駅が立つ予定地の一画を、薄紫のアザミと黄色のキンポウゲがまだ覆う。キンポウゲとアザミはパーケリンの甘い退屈さの匂いを放つ。白のパーケリンと花柄のパーケリンの梱《こり》が放つ甘い退屈さの匂い。

大きな赤い花模様のパーケリン薫る空間を足がゆく。黒と黄の編み上げ靴をはいた足、地面を蹴って急ぐ足、地面の甘さに乾杯し、幸せのように重い足。

空間で足は何をしているのだろう？　ああ、世界の無駄な長さの三分の一、いや半分を削らなければならない。しかし、足はただただ先へ進む——半メートル先へ、人生で失敗した事柄と、死の知られざるもう一つの事柄と一緒に、世界の球形の重荷を、世界の禿げた素材を引きずっていく。

この場所に立とう。木のように。

木は恐れを知らず、死のことも知らない。

木は四方を壁に囲まれるように生きる。通りや部屋のように、小さく区切られた空間にあるように。

通りと家を作ろう。人間には通りが要る。壁が要る。そして、窓とバルコニーが要る。

駅を作ろう。平行に走り、世界を取り囲むレールのある駅を。駅は全世界を区間に分ける。

黄色の退屈なキンポウゲと水気の多い薄紫のアザミの平原に、レールはまだない。壁もない。バルコニーも窓もない。

三

建設現場から三キロのところに大地がある。

必要とされない、寄生する野生の大地。

雑草のように好き勝手に、山と呼ばれる大きな集積となって育っていく。誰にも必要ではなく、誰にも属さない土地。

一方、駅が作られるこの場所にあるのは、ひしゃげてやせ細った平原だけだ。黄色のキンポウゲと薄紫のアザミが覆う。土手を築くためのみっしりと黒い土はない。だから、物言わぬ茶や黒の大地を立方体にして、必要とされる場所へ移さなければならない。

誰が言ったのだろう。何の意味があるのか？　何のために物を一つの場所から別に移すのか？　毎日これだけの物を移動させるに値するほど、世界に何が起きているというのだ？

しかし、ここでは誰も問わない。人間は茶と黒の土が積みこまれた鉄の容器を引きずり回す。人間は雄牛であり、馬であり、駱駝《らくだ》。

人間たちは全身の皮膚で手押し車の熱くなった鉄と、ねっとりと広がる土を撫でる。空と体にまとわりつく土を取っては、黄色のキンポウゲ咲く冷たい平地にそっと優しく重ねる。軽やかに、踊るように、茶色と黒の土を載せた鉄の容器が進む。

台形型の裸の背中の皮膚は、香る樹皮のようにブロンズ色に輝く。ブロンズ色の湾曲した肩と腕のつけ根は、空気の黄色い粘土から抜け出したかのようで、人生唯一にして最後であるかのように、鉄の灼熱する揺りかごをつかむ。

炎暑はブロンズ色の樹皮のようだ。四十度かそれ以上の炎暑。パーケリンの小花の咲く野原の一画には何もない――土の入った鉄の揺りかごがあるだけ。それらは最大限の幸せのようだが、最大限の幸せとは、決まって人生最大の不幸のことだ。それらは私たちが待つ運命のようだ。勝者や神のための至上の価値に満ちた、古代エジプトの浅彫りの平鉢のようだ。

五万立方メートル分の土が、新しい駅の建設のために運び込まれる。

こうして駅の前には、三キロもの距離を引きずってこられた褐色と黒色の土が、巨大な台形の姿に盛り上がっていく。

巻尺とメートル単位が、台型の土の塊に宿る魂を計測して、査定する。この土は人間の手によって、似つかわしくもない一画に、甘くパーケリンのような小花咲く平原に積み上げられた。人間は、盛り土の立方体の不要なものを一センチ単位でならしていく。ガラスのように、繊細で割れやすい珊瑚を磨くかのように、鈍重で沈黙した褐色

のねっとりした土を磨く。

つい最近まで、黄色いキンポウゲとアザミに覆われていた不器用な空間のこの一画は、その後、固い斜面と幻想的なレールの国になる。そのとき、行き場のない疲れた手と足は、やわらかく伸ばすことを許される。

このようにして、鉄道駅の建設における大地という原料と運命についての章が終わる。

四

土木監督。

彼は土木監督である。それ以上の名前はない。名前はここでは重要ではない。

彼は監督をする。シフトを組む。急《せ》き立てる。

続けろ、みんな……さあ……さあ……

十分で一キロメートル。三十分ごとに交替。時折、二十分交替。一時間ほどで新しい溝がひとつ、新しい盛り土がひとつ増える。急げ……急げ……もっと急げ、とばせ……

海の泡のように、軽やかに踊るようにして、粘土質でねっとりとした土、涙のように重い土を積んだ鉄のトロッコが進む。海の透明な泡のように――とても軽やかに。

いまだ野生の平野の一画であるこの斜面は、尺度と物差しを待っている。そして、しなやかな鉄製のレールという幻想的な装飾が、ゆったりした空間を駆け抜ける日を待つ。冷たい平行線の弧を描いて走ることを待つ。そして、壁は垂直さに恋い焦がれる。

人間たちを追いたて、急かし、干からびた樹皮のように真っ赤になるまで、死ぬまで続く心配事があるかのようになるまで、骨の髄まで力を搾り出せと命じるのはこの壁だ。

そう、パーケリン匂う平原を、垂直と水平の壁で輝くビロードのような堀に作り替える！ それから通り。それは灰色をモチーフとする文様、甘いメランコリーをモチーフとする文様だ。

誰もが理解するわけではない。土手や舗装道路が、人生に一度しかない運命に似ていることを。土手の面や溝の角が、薄紫のアザミ咲く退屈な野原の上で、色鮮やかな冒険のように燃え立つ。土手はビロードのようにすべらかで、十月の灰色の一日のようにビロードに似る。レールは思慕のようにしなやかで、灰色の壁は硬く、悲劇的な決意のようだ。

そして、何かを待っている手の皮膚と全身の皮膚が、土手のビロードのような表面と偶然触れ合うと、それらはみな戦慄して膨らむ。

最初のシフト……二番目……三番目……二十三番目……

四十度の灼熱、八時間の労働、二十三回のシフト……

二十分ごとの交代——記録更新！　稀にみる記録だ。

薄紫のアザミの野原に土手が育つ。盛り土が花開き、きらきら輝く堀の世界が作られていく。決然とした川や、悲劇的な決意のように、たわむことなく硬いレールの世界が作られていく。

堀とレールの世界のなかで巨大な腹が波打つ。それは巨大な球形のざらざらした雑草のように繁る。

土を載せたトロッコのシフトと垂直の世界は、水を含んだ黄色い粘土のように重い人間の体の周囲で、記念碑的に膨らむ。

五

原料には固有の世界がある。脂っこく粘着質で刺激臭のする物質の世界。

時間はそんな原料のひとつだ。べたべたくっつく汚れた放恣《ほうし》な原料。

時間は退屈さの宿る鈍重な体、単調さの宿る体。

駅の建設に忙しいエンジニア。エンジニアはみな原料を加工する。時間というぞっとする素材を使って。このようにして、壁が、通りが、パサージュが生まれる。

そのほかの人間たちの日々は、出会いという虹色の雫《しずく》に、言葉の色とりどりの砂に細かく砕ける。無からできたかのような、出会いと運命の色彩豊かな壷がある。

垂直と水平の冷たい世界では違う。垂直と水平は永遠である。それらは空間を確たるものに変える。それらはあらゆるものからできているようだ。あらゆるものから作ることのできるあきらめの塊のようだ。

とてもゆっくりと垂直と水平が育つ。とてもゆっくりと壁は育ち、粘着質の野牛蒡《のごぼう》の葉のように、緩慢さという球のかたちをした灰色が繁茂し、膨れ上がる。レンガは一個一個、長いことかけて次のレンガに組み合わせられ、その積み重なりがさらにその次の層に重ねられる。我慢強い石灰のビロードで塗り込められ、長い時間をかけて優しく撫でられる。

レンガはみんな均一だ。レンガは赤に彩られたキューブ。

レンガの寸法はすべて、二十七×十三×六センチ。

レンガから壁が育つ。成長中の壁が知っているのはただ二つに対する憧れだけ。上方へ、木々や草のように、太陽の黄色い球の方向へ。そして下方へ、重量が向かう方向へ。人生すべてがだめになったとき、すべての疲弊したもの、わたしたちの手が向かう方向へ。

垂直が抱くこの二つの思慕は不変だ。太陽や闇や人生のように。

準備のできていない壁の緩慢さのことを退屈という。この種の退屈さが備わっているのは木と草と人生。それから、のんびりとした物質の世界には無縁の人たち。(この種の人生を表現するのはあらゆる幾何学的形象のうちでは矩形だ。矩形のなかでは正方形の甘さと一週間の甘さが反復され、そこから長辺が生じる。)

エンジニアは緩慢な壁のこの魂を持つ。永遠の垂直という魂を。

このような繁茂の周縁部で、一日一日は運命を欠くかのように、副次的で無責任だ。重さもなく、からっぽのレンガに比肩する。

でも、こうした日々に生じることのすべては、まったく別のあれやこれやでもありうる。

六

原料にはそれ固有の世界がある。

脂っこく放埒《ほうらつ》で不格好な人形めいた物質たちの世界。

原料は自身の運命を待つ。

世界中に巨大な群れとなって横たわる。雑草のように。粘性があり刺激臭があり、放恣で、ずっと待ち続けたために幾ツェントナル〔かつてのポーランドの単位で百キログラム〕分の重みを増して。

原料は数や形象でありたい。原料は尺度と輪郭――運命を待つ。

原料の体は不格好で厚い。灰色の巨大な重荷の一片。その重荷は黄色い灰汁《あく》で磨かれたただだっ広い床板や、運命を欠く人生のように涙を誘う。

しかし、原料の魂はとても繊細で幻想的だ。素材が隠し持つ魂を引き出せば十分だ。

ねとつく粘土は、人生に縺《もつ》れ込む。

灰色のセメントは刺激臭があり、無からできているようだ。

ビロードのような石灰は、忍耐強い。

金属板は経験に富んで悲しげで、人生あるがままになれ、とふと漏らしてしまう人のようだ。

そして、鉄は悲劇的な運命のように硬い。

どんな建築物にもその魂の秘められた定式が見つかる。

七

粘土。粘土は重くて不器用だ。幸せのようで、不幸せのようだ。黄土色とはだめになった事柄の色。レモン色が冷たいあきらめの色であるように。われわれはみな粘土製。いったん動きに導かれた二本の足と手は、そのあとは百回、千回と、あとは同じく一つ所にだらんと垂れる。人生で何か一つを失えば、人生のすべてを失ってしまう。

粘土のねとねと絡みつく原料からレンガが焼かれる。二十七×十二×六センチの尺度と数字に従った角張ったキューブ。その赤は硬くていくらかぎこちない赤だ。

レンガは澄んで、ガラスの響きに満ち、忙しい人びとのように、硬くて決然としている。それは、強《こわ》ばった花や、赤くて丸いダリアに比べたくなるような実際的な人びと。

レンガは粘土に似たところがひとつもない。レンガこそ、パン種のように放恣で見込みのない粘土の体のなかにある、混ぜものなしの透明な魂。

さわしいということになる。

灰色は人生に必要だ。灰色はコンクリートなしに生きていけない。そして、十月の街路で、コンクリートはもはや重荷でもなければ、パーケリンの小花散らばる平原のように、痛々しい光景を見せる不器用な存在でもない。こうして町にコンクリートの幻想的な魂が、その隠された生命の定式が見つかる。街路、壁、パサージュ。

鉄道駅の建設にも、コンクリートの魂の定式が見つかる。どの建築物にもその定式を見つけることができる。

九

屋根の悲しげな板金。

窓の大きくて静かなガラス板。

びっくり仰天したオーブン用タイル。緑、黄、赤色をした正方形のタイル。

そして、床と枠の角張った板。

これらすべてが、パーケリンの平原のいまだぐらぐらする魂にバランスをもたらす。ちょうど、ペンキ塗り立ての空虚な湿っぽさがまだ残る部屋を、そこに初めて運ばれた家具が満たしていくように。初めての冒険と運命の重荷が、時間という球のかたちの部屋に恒久性を与えるように。部屋ができると、部屋はその運命――家具を待つ。食卓と食器棚の水平と、椅子と衣装棚の垂直を待つ。

それから、水平と垂直の線の奇怪な植物がみっしりと繁茂しよう。平面と輪郭、壁と家具からなる幾何学的で均整のとれた古典的な木。パーケリンの薄紫の花に予定されていたこの場所をすっかり埋め尽くしてしまうまで。そして、このときになってようやく、世界は球になる。準備万端で集中し、尺度によって撫でつけられた物の世界が、ようやく丸いかたちをとる。それは完璧で記念碑的な球のようだ。

今やもう、きらきら輝くレールの硬い愛撫、人生のたくさんある日々のうちの一日と歩行の鮮やかな灰色で、世界を包み込むことができる。

一日目。二日目。そして七日目。

十

そして、薄紫やバター色のはっきりしない花々が咲くパーケリンの野原で、準備万端、すべてが完成したとき——人生のガラスのようなメロディーの章が始まる。

用意の整った物と完了した事柄は、ガラスとメランコリーの響きがする。矩形か立方体の永続的な輪郭とかたちをもつすべては、哀しみのために灰色をしている。永遠に、もうそのままなのだから。

ゆえに、ガラスのようなメランコリーを利用して、縫い上げられたワンピースを衣装簞笥に運ぶ。何かを恋しがっているマホガニー製の家具を壁際に据える。経験豊かな人たちが成し遂げた運命と人生を運ぶ。

完成した駅にメランコリーが響きわたる。壁は決められた大きさの通り、もう動くことはない。土手はメートル尺度で均《なら》された。完璧なレールは平行線を描き、カーブや弧がきても揺るがない。そして、薄紫のアザミとキンポウゲに運命づけられていた痩せ地に、三ヶ月にわたってその運命を託した人間たちの魂。

安っぽい植物の繁茂の空間に、これ以上、何も生じることはない。ここでは、人生というパーケリンのような退屈さが、物質のぎこちなくも単調な体に改造される。ここでは、時間という粘つく単調さの体に隠れた魂が発見される。固い物、出来事、幸せとして。

一週間か一ヶ月経つと、新しい駅にぴかぴか輝く車両が到着し始める。ちょっとだけ停車し、人間たちを一つの場所から別の場所へ、誰も必要としない土を、必要とされる場所へ運ぶように移動させる（人びとは永遠に自分の運命を待ち続ける。油っぽく重くなった物質のように）。

やってくる車両は一ミリ単位まで同じだ。数字だけがそうありうるように、幻想的なまでに均質だ。そして、灰色も同じく。

結局こういうことなのだ。単調さとは運命であり、定めであり、人間たちは生涯かけてそれを待つ。待ち続けていることのために幾ツェントナル分か重くなった人びと、不器用でしかない人たち。この点で、彼らは厚ぼったい物質や原料に似る。

これが、数字と単調さに対する憧れをめぐる物語の短い一章。

十一

ざらざらしてねっとり油ぎった原料への賞賛。生気のない雑草のように、世界中に広がり、自身の物語と運命を待つすべてに対する賞賛。

把握しえないほどに広がる平原、パーケリンのような薄紫が繁茂し、退屈さという巨大な野牛蒡の葉が茂る無責任な平野への賞賛。

退屈という巨大で雑草のような葉に似て、油ぎった粘土と刺激臭のセメントからなる未加工の塊に似た人生に対する賞賛。

なめらかさと尺度によって光沢を放つ物体、金属と歩行の柔軟性と新鮮な硬さで匂う物体は、こうしたものからできている。

完成した鉄道駅は賞賛を与える。放恣でパン種のようで、退屈さのように緩くほどけた原料のすべてに、建設に使われたすべての物質に。

十一月、鉄道駅の建設は終わりに至った。

一九三一年

後期イディッシュ語作品

モンタージュの一章

三月の終わり、誰にも気づかれずに、もう長いこと続いていたかのように——春がやってくる。緑でいっぱいの荷物を抱えてやってくる。ため息のように軽く、まだ使い尽くされていない正午の青を不意打ちのように覆う。春はまだ破られていない生《せい》への期待と一緒にやってくる。このとき、世界のあらゆる通りを灰色の制服たちが行進する。彼らは二種類の性質を合わせ持つ。

前景では、生の確実さと重要さを代表するように見えた。彼らは割り当てられた唯一の役割を受け入れた人間たちに属する。そして、需要のある赤い金属と青白い銀とともに、確実さが買われる世界の揺るぎない秩序を示すようにも見えた。そこでは、金《きん》が物の運命を分ける。葉という小さな雫《しずく》と前景の制服の確実さに遮られ、まだはっきり浮かんでこない後景には、まるで順番を待っているかのように、まるっきり違うかたちが現れる。

人生のような灰色、金属板のような灰色の制服に身を包み、彼らは抑え込んだ憧れの重みで体を曲げた。「歴史における運命になりたいと欲する未加工の素材の願望」。そうした素材は待つことのために重く、澄んだ灰色のために重い。

三月の終わり、暑い春だ。

世界は戦争の準備をしている。

駅では外務大臣たちが互いを待つ。ただし、決められた公式のシルクハットではなく、まったくありきたりの黒くて楕円の硬い山高帽姿だ。この型の帽子は太鼓腹の楕円のメロンに似ているから「メロニク」と呼ばれる。外見上は本質的ではないこの事実をあらゆる通信社が、レポーターと新聞記者が強調して伝えた。

「このようなメロニクが」――新聞は伝える――「心のこもった非公式的雰囲気を歓迎に添える」。

そして、これはまったく良いことだった。なぜなら、硬い山高帽の紳士たちは、一つ一つの訪問に何も期待してはいけないこと、そして非公式の性格、すなわち純粋に情報交換のような性格を保たねばならないことをよくわかっていたから。

それゆえ、これは決して偶然ではない重要な状況だった——似通った山高帽が公式のシルクハットの場所に収まっていること。

その頃、兵士と戦車と弾薬を積んだ戦艦がナポリからアフリカに向けて出航した。ムッソリーニは今まさにアフリカで始まるはずの、乾季の六ヶ月を無駄にしたくはなかった。もうすぐ十月だ。

残された時間は少なく、新鮮な雨降る日々までのこの休憩時間を有効に使うことが重要だった。イタリアという国にとっての政治的功績を、いまにも書き込もうとするなら。

『インジヒ』一九三七年三十三号
A kapitl fun a montazh, *Inzikh* 33, 1937.

断章

弾薬が生活に換算される。

何もかもがうまくいかず、違った風にもなりえたあの失われた瞬間、ヨーロッパは何にも満足できずに、内面的にひねくれた人間にそっくりのふるまいをした。

そうした瞬間、生活を別種の可能性に換算しようという情熱がわれわれをとらえる。そのような清算に際して、だめになった事柄のもたらす悲しみがわれわれを襲うことなど、なんでもないかのように。

この異常で悩ましい情熱がいま、全ヨーロッパを襲った。

一九三五年四月三日、新聞は経済景気研究所が出した数字の並びを伝える。「注目に値する一覧」——その短い記事の見出しは伝える。

それによれば、去年、軍需品の輸出が増大し、一九三三年には総額が二億二千四百万グルデン〔ヨーロッパのかつての貨幣単位〕だったのが、一九三四年には二億五千百万グルデンに増えた。世界貿易が全体で四パーセント減少した一方で、輸出はこのように十二パーセント増えた。さらに数字の欄が続き、それも固有の言語を持っていた。そこから明らかになったのは、一九三五年のヨーロッパが、戦争〔バルカン戦争〕の起きたあの一九一三年に比べて二倍ほども多くの弾薬用の予算を必要としていることだ。

そのとき、先述したような換算に対する病的な情熱が現れる。いわく、一九三五年、軍需産業は計三千万グルデン分拡大し、その数字はヨーロッパの一年の輸入総額よりずっと大きい。生活そのものを与えることのできる原料や半加工品、加工品の輸入よりも、ずっと。

新聞記事はここまでだ。

これに対する人生の注釈。大きな兵器庫や弾薬庫の風景を見ると、黄色い灰汁《あく》で磨かれてきつい匂いを放つ広々とした床を見るときのような、甘く無表情な雰囲気がわたしたちを襲う。

『インジヒ』一九三七年三十六号

Fragment, *Inzikh* 36, 1937.

軍隊の行進（モンタージュの一章）

一九三七年二月末のある日、無表情のウィチャコフスキ通り〔リヴィウの通り〕でこれは起きた。この通りが丸いベルナルディンスキ広場に移行し、その走行を終える、まさにそのときに。

早春の一日。女性たちはすでに、陶器のように軽く明るい色の服を試している。しなやかさがまだ残る最初の悲しみが、その体を通り抜けた。しかし、樹木はまだ乾いて黒い。思い出は失敗した人生に対する恐れと混じり合う。すべてはそれ自体で理解可能なものになる。

明るく繊細な青色から、最初の春の青さの心臓そのものから——兵隊と戦車が出てくる。それは、この日生じたことすべてのように、それ自体で理解可能だ。

草地のように平らな戦車＝家々がやってくる。ヘルメットとコートの革は鉄のようにとても滑らかで光り輝き、襞《ひだ》という気まぐれからこんなにも自由だ。革のコートとヘルメットをかぶった人間たちもきっと同じだ。気まぐれという襞をひとつとして持たない。灰色のアスファルトと埃だらけの正方形の漆喰を通して、静止した繊細な草と、ピンク色のつるつるした虫が潰され、汚れた埃と混ぜこぜにされるのを人びとは感じる。

しかし、アスファルトの路上では、青い雰囲気が、それが不要であるかのように、突然、取るに足らないものになる。取るに足らないと同時に悲しくもある――まるで、長々と続く最初の悲しみを語る、しなやかな青を着た淑女に運命づけられた、明るいコートを着たぎこちない薄笑いの紳士のように。

……軍隊はわたしたちの誇り
軍隊は民族の生の真髄
だからこそわれら市民は軍隊を愛す

誰もが軍隊を敬う……

〈政府のマニフェストはこう謳《うた》う。一日三回、市中のメガホンが鳴らす。そして翌日、もう一度流され、あらゆる新聞に三度、印刷され、五百万部のポスターが掲げられる――ポーランドという名前かもしれない国、もしくは別の名前の国に。〉

この日の夕方、雨になった。すべてはこの雨の灰色で霞《かす》んだ。その時、けばけばしく、図々しく、兵士の笑顔と赤の文字で次のように書かれた赤白のポスターが現れる。「軍隊ショー、映画館〈パーン〉にて」。

映写幕には機械的《メカニック》バレエが踊っていた。かたちと平面に圧縮された灰色のバレエ。それは夕暮れの一滴もなく灰色だ。はかなさの一滴もなければメランコリーの一滴もない。秋の霧のなかの冷たい北の海のように、果てしなく、死んだようである。

映写幕から、薄紫に塗られた紙の空から切り離された、紺色の山々の甲高い悲劇的な情熱が届く。そして、深い空の夜の情熱。

……男は戦車の下で死ぬために……
……女は命を産むために……

ビロードのように柔らかく、花の香りのように冷たいのは、繊細な子供の頬の肌。堅く悲しいほどに強《こわ》ばった輪郭線に男たちの命がよじ登る。戦車の鉄製の歯で踏みつぶされる用意は万端だ。戦車の横を盲目の女たちが行く。硬くて悲しい男たちを内に入れて運ぶ。すべて昔から変わらない。夜も更けた部屋に、赤い大見出しのページを開いた新聞が置かれている。「ヨーロッパが燃えている」。凡庸な文章。

……錫の価格が上昇、鉛の価格が上昇……亜鉛は人工素材で代替可能……

春の日、最初の春の一日が過ぎ去る。壊れやすくてしなやかで、予兆と期待に満ちている。人びとは凡庸なものを待っている。思いがけずに突然、歩道に溢れる新鮮な緑を。灰色をして、光で温まった陶器のようなアスファルトを待つ。そこでは夜遅く、蜂蜜色の黄色をして、自身に沈み込むような光の街灯が灯る（クロード・ロランの絵画のような光）。

木々と体は「生に向けて」準備する。「生」と呼ばれるこの奇妙なもの以上に、重要なものなどないかのように。

『インジヒ』一九三八年四十七号

Militer-parad (A montazh-kapitl), *Inzikh* 47, 1938.

書評／公開往復書簡

イディッシュ語版『アカシアは花咲く』書評と公開往復書簡

現代的《モデルネ》な散文

B・アルクヴィット(1)

私たちの散文の前線は静かだ。新しいものは何もない――本当に何もない。時折、新しい名前が現れる。しかし、若い小説家や物語作家がその才能に導かれ、聖書の平和の御子に導かれるかのように、絶えず先人たちの足跡に導かれていくことには驚いてしまう。

文学雑誌のほとんどが、私たち詩人の手で刊行されているのも偶然ではない。詩の世界は何かを探し求めている。ここでは人は反乱を起こす。若い物語作家がわれわれの「世界との戦い」に引き込まれなかった事実が示すのは、第一に、彼らがリアリズムの作家であり、それと同じだけリアリズムの読者でもあるということ、そして、たとえば絵画のようなほかの芸術で起きていることにはほとんど関心がないということだ。第二に、リアリズムの作家はリアリスティックな人間でもあるようだ。それゆえ、彼らは自分の才能を、盲人も、あるいは新聞の編集者も、手で感じることができるほどにまで前面に出し、多くの場合、評価の問題は二の次になる。

十年前、なぜ散文では実験をしないのかと尋ねられ、ある有名な小説家はこう答えた――「散文とは――わかるだろう――散文だからだ。」正統な先駆者はこう説明した。

それでもそれ以来、現代《モデルネ》的散文を求める極めて重要な試みがなされた――まさに詩人たちによって。いま私の目の前にある本のなかで詩人がそれを行った。デボラ・フォーゲルの『アカシアは花咲く』である。

これは、生に対する明確な見方を持ち、それがもたらすイデーを備えた人間の書いた散文である。フォーゲルは人間を匿名のものとしてとらえる――要素のように、あるいは物のように。彼らは彼ら自身、時折忘れてしまう運命という徴《しるし》の下に一緒になって立っている。重要なのは、方法である。「高次の現実」をめぐる意識と無意識の境界のようなところで、芸術的な解決を与えるその手法だ。

その基本的な考え方は、冷静な理性による「検閲」を除去することで、芸術における自由（そして生からの逃走）を希求した、戦後〔第一次世界大戦後〕世代の詩人グループに由来する――フォーゲルの手法は、疑似シュルレアリスムだ。

フォーゲルは、一九二四年にアンドレ・ブルトンによって創始されたシュルレアリスムの何かしらの傍系にある。というのもフォーゲルは、形態の生《せい》の幾何学が含むあの秘密に直接踏み込んでいるからだ。その点で彼女はこの流れの画家に、より近い。

五年前に刊行された第一詩集『日のかたち』〔一九三〇年リヴィウ刊〕において、フォーゲルは、「平面と輪郭と色は、一つの構造のなかに組み立てられた特殊な現実の諸要素にすぎない」という、キュビスムの思想と共鳴するスタイルを作り出そうとした（これについて彼女は「序」で論じている）。一方、本書に収めたものをフォーゲルは「モンタージュ」と呼ぶ。やはり絵画の用語であるこのモンタージュにおいて、フォーゲルはさらに一歩進んで――シュルレアリスムに近づく。

フォーゲルはイディッシュ語モダニズム文学の革新者の一人とみなすことができよう――その革新が遅すぎたものでないとすれば。

シュルレアリストの一部はすでに、この方向が間違った道に向かうことに気づいていた。彼らの望みは、芸術的個性が「心理的自動作用」のなかに見出されることであり、「思考の現実の機能を油断なくコントロールする理性に対する」反乱を通して、「美的あるいは道徳的観点なしに」*、集合的混合状態の表現まで行きつくことだった。超意識もしくは無意識が優先されるところで、「衒学的な知性」を備えた人物が匿名の棒のような背景になってしまうことは避けられない。

一部の詩人たちはそこから、もう一つの戦争——経済的、社会的変革——が文学にもたらした喫緊の問題に向かった。人びとはシュルレアリスム的悪夢から目を覚ました。その他の人びと、たとえばルイ・アラゴンは、そこからはるか遠く離れ、すでに別の芸術的集団化の危機——功利主義的試みのプロレタリア文学という危機にぶつかっている。そして、そう、アンドレ・ブルトンその人がすでにプロレタリア作家である。

このように、フォーゲルの革新はわれわれのところでは思想的に遅すぎた。しかし、シュルレアリスムが「跡形もなく消えた」、などと言うことはできない。シュルレアリスムはたくさんのメタファーと表現の可能性で文学を豊かにした。シュルレアリスムは言語という道具をさらに洗練させた（そして先に触れた若いリアリストたちは知っておいてもよい。こうしたすべての探究、実験、新しい傾向が文学を豊かにすることを）。この総目録の一部を私はデボラ・フォーゲ

＊【原注】ブルトンの定義の引用は、エッセイ「シュルレアリスムとは何か」の英語訳（ペーター・ネアゴエ訳）による。

ルに見出す。そして、その背景のもとで、フォーゲルと〈インジヒ〉(2)グループとの親近性が見える――文学における新しい方向性はすべて、現代的心理の一風変わった実験に支えられている。しかし、彼女の書くものには〈インジヒ〉グループから彼女を遠ざける一つの重要な要素がある。それは生に対する敵対的な態度だ。それゆえ、フォーゲルが抒情的な近さから描いた人間たちは匿名性（そして、生気のなさ）を帯びる。それゆえ、彼女には人間がマネキンのように、人形のように、あるいは「散歩する重いトルソー」のようにさえ見えるのだ。

フォーゲルのこの本は三編を収録している。最初の「鉄道駅の建設」〔イディッシュ語版は三編の収録順がポーランド語版と逆〕において、フォーゲルは駅の建設に不可欠な空間とあらゆる物質についての観察を展開する。二編目のテーマ（？）は、「マネキンの正体が暴かれたり」、「人間のなかに物質の魂が発見されたり」するときの生の変化である。三編目は凡庸な小説の出来事のパロディーがあちこちに現れる年代記（ほとんど社会的な年代記）である。

しかし、本書全体を通して、人間の名前は一度も出てこず、名前を必要とする人間もいない。一度だけ、フォーゲルはやっと名前を出した。イニシャル「L」をあざ笑うかのように残したのだ(3)。六十一ページで私の視線は一つの名前に止まった――ベルンシュテイン！　私は我が家にいるように感じた。私の両目は素早くその行を走り、そしてそれは幻だとわかった。フォーゲルが書いていたのは、「通りへ、琥珀《ベルンシュテイン》の黄色をした十月の夕暮れに」だった(4)。

テクストに挙げられる有名な画家の名前は、すべてシュルレアリストか、それに近い傾向とみなされている画家のそれである。ルノワールはもちろん、例外だ。彼の芸術にはどのような傾向の画家でも驚嘆する。

フォーゲルの最大の功績は、その描写が本当にモダニズム絵画に近いということだ。絵画的なのではなく、まさに絵画だ。彼女は言葉を聞くというより、見る。言葉が平面を、輪郭を、そして対称を作りだす。退屈、悲しみ、願いがそれらに深みを与え、線は強いられた関係性、もしくは偶然の関係性という運命のもとに生きている。しかし、その言葉――人間の意志や理性の仲介者――は、人間を線と輪郭の平面上に描くときに生きたその意味を失う。これがフォーゲルのもっとも目立つ不器用さにつながる。彼女はとても豊かでしなやかで真正のイディッシュ語を使っているにも拘わらず、うんざりさせるほどに、助動詞「～のように《ヴィー》」を使わずにはいられないのだ。「～のように退屈な空間」、「幾時間か自身の運命を置き忘れた人間たちのいる、暦の日曜の丸い風景のように」、「そして、悲劇的決意のように硬い――灰色の壁」、「そして、安いロマンスのくだらないモットーが次のような命題を形作る」、「空が青いとき、温かくて灰色の海のように、街路は疲れて甘い」。

付け加えるなら、このちょっとした偶然の引用からも、フォーゲルが人形などの題材にとどまらない、より本物の抒情を内に持つことがわかる。

これは詩人のための散文であり、万人向けのものではない。そして、確かにわれわれの批評家向けでもない。フォーゲルは新しい可能性とともに、詩の世界に戻ってくるかもしれない。しかし、ユダヤ人の現実に対峙するユダヤ人芸術家は、シュルレアリスムやその亜種を引き受けうるには理性的でありすぎる――一九二四年のヨーロッパにおいてさえ、そうだった。その気と能力さえあれば、シュルレアリスムの影響と争わないこともできる。しかし、ユダヤ人芸術家は、常に一定のナショナリズムを彼らに要求してくる、ユダヤ人特有の現実の影響を避けることができない。それを振り切ることは、自身の固有性を振り切ることを意味するからだ。

『インジヒ』一九三五年十七号
B. Alkvit, Moderne proze, *Inzikh* 17, 1935.

書簡（『インジヒ』十七号掲載のB・アルクヴィットによる『アカシアは花咲く』書評に対して）

デボラ・フォーゲル

毎回『インジヒ』の新しい号を開くたびに、信頼に値する精神的、芸術的文化水準の自由な息吹を感じる。誰かを「信頼する」ことができるというのは、われわれの状況における真の幸せである。

私は今日、拙著『アカシアは花咲く』に対するアルクヴィット氏の印象深く理解あふれる評価に応える必要を感じる。アルクヴィット氏の書評に対して、心からの感謝を表したい。と同時に、私自身の考えるところもお伝えしておきたい。

私のコメントは次のようになる。私はいつも、この本がシュルレアリスムとみなされるのではないかと恐れていた。確かに、まったく異なる見知らぬ（見かけ上は見知らぬ）物と状況を結びつける方法は、シュルレアリスムに近い。しかし、物と状況を結びつける基盤が私の場合は――いずれにしても、私が想定しているものは――シュルレアリスムとはまったく違う。私はシュルレアリストたちの連想の自由な走行に従う気はなかった。私が求めたのは、物に対する感情と客観的反応の論理ではなかった。私が求めたのは、まさに物そのものの客観的論理であり、相互の帰属関係であり、その徴候的性質――そのおかげで見かけは異なる見慣れぬ状況と出来事が同じ一つの原則の徴《しるし》となるようなもの――だった。そこからシュルレアリスム的なものが現れる。なぜなら、私が求めたそれは、生《せい》のさまざまな要素の結合だからだ。しかし、私のモンタージュの内的鼓動と思考の連なりをもう一度よく聞いてほしい。そうすれば、あなたも私のモンタージュとシュルレアリスムのモンタージュとの違いを感じるだろう。結びつけることこそがモンタージュの手法だ。しかし、キュビスムのモンタージュとシュルレアリスムのモンタージュに違いがあるように、おそらくほんのわずかではあろうが、それでも、シュルレアリスムのモンタージュとポスト・シュルレアリスムのモンタージュ――私は自分のモンタージュをこう呼ばせてもらっている――には違いがある。私は自分の試みをリアリズム的モンタージュに向かう途中形態と感じている。

そのほか、少なからぬ箇所が、もちろん間接的にではあるが、昨今の若い詩において大きな場所を占めるアジテーションの詩に対する応答として想定されている。新しい生が――もはやその形式的準備ではなく――、その静けさのうちに、生産的な構図のなかに、なまの素材を加工することへの理解のうちに示される。

しかし、私はこの点で解釈を示唆する気はない。もしこれが読みとれないとすれば――それは確かにある程度まで私の失敗だ。また、私が今、書く必要を感じているモンタージュに関するエッセイを先取りするつもりもない。その前に、『インジヒ』誌が関心を持ってくれる期待をもって、別の記事を送ろう。

さらにもう一つのコメント。なぜ「～のように」という言葉による比較の必要性が、アルクヴィット氏の言うような「不器用さ」の徴になるのだろうか。私の意図に、より適うのはメタファーよりも比較だ。ある種の静けさゆえに私には比較の方が好ましい。メタファーは二つの物を否定し、それらを一つに結合するのに対し、比較は二つを分かちながらも、二つを近くにとどめる。それゆえ、私には比較のほうが、バロック風のメタファーよりも近い。

『インジヒ』一九三六年二十号

Tsvei briv: 1. Dburh Fogel, Vegn B. Alkvits opruf oyf ir bukh Akatsies in num. 17 *Inzikh*, *Inzikh* 20, 1936.

返信

B・アルクヴィット

デボラ・フォーゲルはこう書いている。「私はいつも、この本がシュルレアリスムとみなされるのではないかと恐れていた」。私はこう言う用意がある。「失礼、私は道に迷ってしまったようだ」。だが、短い分析のあとで彼女はこう付け加えている。「そこからシュルレアリスム的なものが現れる」。さて、私は書評にこのように書いていた。「フォーゲルの方法は、疑似シュルレアリスムだ」。そう、詩人はモンタージュとその方法についてのエッセイを一つ書いており、もしかしたらそこで、「疑似」と「~的なもの」の繊細な違いをめぐって立ち止まっているかもしれない。彼女が自作の詩集につけた序文からして、フォーゲルのエッセイが『インジヒ』誌にとって優れた寄稿になることを私は確信している。そこでは、先の手紙に挙げられたその他の芸術的応用について、答えることも不可欠になろう。あの手紙にはフォーゲルの散文の香りが漂ううえに、書簡的な明晰さもある。

『インジヒ』一九三六年二十号
Vegn di tsvei briv, *Inzikh* 20, 1936.

（1）B・アルクヴィット（一八九六〔一八八六？〕―一九六三）、本名はエリエゼル・ブルム。イディッシュ語詩人、作家、ジャーナリスト。現ポーランド東部のヘウムに生まれ、一九一四年からニューヨークに住み、〈インジヒ〉グループに参加。本書訳出のフォーゲルのイディッシュ語作品と往復書簡を掲載した、同グループの同名の文芸誌の編集にも携わる。

（2）一九二〇年にニューヨークで結成されたイディッシュ語モダニズム詩人のグループ。〈インジヒ〉は「内省」の意味で、ドイツ表現主義と英語圏のイマジズムの影響を受けている。同名の文芸誌を刊行し、二十世紀前半のイディッシュ語モダニズム詩を引っ張った。雑誌は一九四〇年まで刊行。中心となったのは、いずれもポーランド出身の移民であるアーロン・グランツ・レイエレス（一八八九―一九六六）、ヤンキェフ・グラトシュテイン（一八九六―一九七一）、ノヘム・ボレフ・ミンコフ（一八九三―一九五八）。

（3）本書に訳出したポーランド語版「アザレアの花屋」には、このほか「Sz《シュ》氏」も出てくるが、これはイディッシュ語版にはない。

（4）イディッシュ語には大文字と小文字の区別がない。「ベルンシュテイン」（Bernshtein）という姓や通りの固有名だと思ったら、「琥珀」を意味する「ベルンシュテイン」（bernshtein）のほうだった、ということ。なお、似たつづりの「ブルシュティン」（burshtin）も「琥珀」を意味し、さらにリヴィウ近郊のフォーゲルの生地も「ブルシュティン」（Burshtin）である。

書評デボラ・フォーゲル『アカシアは花咲く』

ブルーノ・シュルツ

小説とは、作家がそのなかに「全人生」や「人生の一片」、「誕生から死までの人間の運命」のすべてを閉じ込めたものだとしばしば言われる。実際、小説はいくつかの、あるいは十数もの例証的な、すなわち意味や理念や要点という線で作家と結びつけられるエピソードを含む。あるいは、思想上のかたちのようなものに収束するまで選び抜かれ、グループ分けされたエピソードだけを含んでいる。このような「かたち」にたどり着くことができるのは、ひとえに、生活の素材をある程度制限することによると考えられている。そのかたちは恣意的に選択された生《せい》の要素の根幹に見つかるので、「全人生」について語ることなど不可能と理解されている。ある作家たちのもとで、この高次の意味はいわばリアリスティックな果肉からそれ自身を蒸留して現れ、その他の小説においては作者自身がこの過程に関与し、さまざまな種類の助力を得て、作家自身が導き手となる。どちらの場合も、「思考上のかたち」と語りの内容のこの分離こそが、小説の最大の魅力の一つである。

伝統的小説では、現実的素材という自律的な論理と、より深いところの意味の論理、すなわち作者によって建て増しされたものの論理という二重の論理の特徴が常に保持されている。一方からもう一方への微かな移行に、両者の共鳴やもつれ合いや離散に、このジャンルの魅力となる思考遊びは由来する。

デボラ・フォーゲルの書物の独自性となり、読者を戸惑わせ、読者が拠って立つ基盤を取り去ってしまうのは、約束事となったこうした形式からの完全なる乖離であり、伝統的小説の原則からの完全なる離脱である。作者は個々の出来事や個人的運命や個別の性格に対して感受性も敬意も持たない。作者が生のなかに発見した意味を例証するために、現実の素材を必要とすることもない。作者は完全に個人的な経験のかたちをとったこの状態を、それらの個々の具体性において経験することはない。それらが千もの心を通り過ぎるとき、それらが色褪せて非個人的な標本のようになったとき、そしてそれらが流通における運搬人のようなものに、匿名で使い古された凡庸な定式に達するときになってようやく、作者はそれらが表に現れるのを許す。それらが個人、通りをゆく通行人、店の女性や食堂の少年の所有物となる次元に至って初めて、作者はそれらを認め、受け入れるのだ。

この本には個人としての主人公はいない。いるのは人形たちの匿名の群れ、美容院のショーウィンドウのマネキンたち、硬い山高帽の通行人たち、マニキュア師や給仕たち。町のメカニズムや「通りの歩行」に迷い込み、もつれ込んでしまった、顔も個性もない姿の匿名の群れだ。

チェスのポーンに、機械仕掛けの人形に、山高帽を載せた球に降格された人間の様相を、作者は新しい造形芸術が投げかける構成主義的世界像と共有している。思うにそれは、都市化の最終的帰結であり、統計学や大きな数字の法則や最新の原子科学を生活に、人間の巨大な群れの生物学に置き換えることなのだ。この降格、この個性の放棄には、何かスピノザ的なパトス、メカニズムに対する記念碑的でメランコリックな同意、決定論との統合があり、決定論をその統合がほとんど呑みこんでいる。立法以前の法則に従ってぐるぐる回る人間＝原子の世界において、個人の運命のための場所はなく、あるのはただ典型的な運命だけ、何世紀も前からあらかじめ定められた動きと、循環し、反復する局面だけである。空っぽの通りに迷い込んだこれらマネキンたちの周りに、幾何学、質量、重さの悲壮な世界が生じる。「白くたっぷりした空間の布が一枚、この小説に現れ、出来事のように扱われる。この小説には壁が出てくる。恋しさのように、炎暑のように凝縮している。これらの日々、壁は現実よりもいっそう白く、灰色の空と待つことで塗り込められて……」。私たちはまるでシュルレアリスム的風景のなかにいるようだ。窓のない家々や広告と看板のかたちに取り囲まれ、ボール紙とニス塗りの空の下、遅い時間のすでに決定された光のなかに。色彩と素材と粗悪な商品のラベルと看板と金属と幾何学的質量のこの世界は、それ自身の暦の流れに従順であり、生の動く舞台であり、それ自身の連続する局面の変容のなかにこの生の意味を、人間の心の永遠の問題の変動と逆流を表現する。本書のボール紙製の宇宙を徘徊する顔のないこのマネキンたちを使って、作者は女性の心に生じる凡庸な出来事を要約し、どこにでもあるよく知られたことのように、通りに流れるヒットソングのルフランのように、括弧つきでまとめる。それは「永遠に砕けた心」や「その記憶とともに生きるのは到底不可能であり、すっぱり忘れてしまいたいだめになった幸せの問題」、「逃してしまった運命」、「うまくいかなかった恋」、「まだどんなことも起こりうる生を待つこと」、そして「到来しうるものそのもの」に対する諦念からの同意の物語だ。すべてのうえには、用意万端の不動の物事を基盤とする世界の悲劇的な単調さがある。

作者の感受性が行きついたのは、この没個性の匿名のかたちであり、その感受性は陳腐な文句のメロディーに、悲しく平凡なフレーズに蒸留される。作者は凡庸さのトーンと甘さを、最後の成熟の醸しだす、しぼんで気の抜けた味のように好む。

これは知り尽くすことのできない、端から端まで女性的な一冊だ。感受の種類において、心理的素材の点で女性的であり、植物的リズムにおいて、宇宙の脈動、周期、万物のリズムと連動する存在の波動の抽出という点で女性的だ。一部の読者、そして書評者までも、この本に『肉桂色の店』〔シュルツの第一短編集〕とのある種の類似を認めた。この見方は深い核心に切り込んでいるとは言いがたい。実際のところ、この本はまったく異なる独自の世界観から生まれている。

考え抜いて到達したのではなく、天性の元素のような固有の世界観というのは、それぞれの感受性に含まれていて、スタニスワフ・イグナツィ・ヴィトキェーヴィチ[1]によれば、それは本物の詩人が世界に携えてくる持参金である。このような有機的な世界観がフォーゲルのこの本を貫き、この本を作る。この本は外的素材の最小限の助けによって実現された詩的世界像の教科書的な例とも言える。作家はリアリズムの才能を持たず、自身の命題を例証するための素材を獲得することは、彼女をほとんど克服不可能な困難に対峙させる。しかし、この困難、この抵抗、外部からくる内容に対するこの高貴な節制と非同化こそが、彼女の構想の純潔さを保証している。作家は副次的な性質、すなわち、浅薄な才能を特徴づけるようなずるがしこさ、抜け目のなさ、アレンジの能力をそれほど持ち合わせていないように見える。彼女が読者を得るのは一般的な攻撃の線上においてではなく、裏道において、ついでのように、偶然の、意図せざる結果としてなのだろう。この作者ならではの、女性の心の感傷的な定式を宇宙の過程に、あの世界の力学の下に置くとしたら、それはわれわれにとって完全に説得的ではないかもしれない。この抽象的で匿名の形式において、作者の感情の力学に、われわれを心の奥底まで震わす力はないかもしれない。それでも、未達成かもしれないこの目標の周りには、新しくて予期せぬ内容が、何ものにも似ていないヴィジョンの思いがけない新発見が集まり、迂回路を通ってとはいえ、問題に勝利を収めている。

作者にとって、『アカシアは花咲く』は実験ではなく、彼女の創作に関わる組織全体に押しつけられた必然であり、それゆえに、このうえなく興味深く、独創的で、新しい成果である。この本の新しさは特定の細部、従来の方法の新しい変種ということにあるのではなく、この散文の構成要素に、語りのジャンルに存する。伝統的な小説の散文は、世界は生起し、何かに成り、流れ、なんらかの結果を志向するという基本的世界観をよりどころにしていたと言ってよい。デボラ・フォーゲルの散文は永遠に準備中で、不動で、機械化された世界の相当物なのだ。

ここでは動きは幻であり、人間＝球、人間＝木柱たちの妄想であり、語りは見せかけのものでトリックであり、この光景の不動で悲劇的世界の脇の隙間を進む。

本文を補完するのは、ヘンリク・ストレング(2)による同じようなトーンのとても美しいシュルレアリスム的なイラストだ。ストレングの豊かで独創的な画業はまだあまり知られていない。

『われらの意見』一九三六年七十二号

Bruno Schulz, "Akacje kwitną," *Nasza Opinia* 72, 1936.

（1）通称ヴィトカツィ（一八八五—一九三九）。両大戦間期ポーランドを代表する前衛作家、劇作家、文芸理論家、画家。シュルツ、フォーゲルと交流があり、両者の肖像画も描いている（オリジナルは現存せず）。

（2）リヴィウの画家。パリでレジェに師事したのち、リヴィウに戻り、一九三〇年代のリヴィウの前衛造形美術グループ〈アルテス〉の中心メンバーとなる。フォーゲルとは芸術的、社会的関心を共有し、シュルツとも親しかった。ユダヤ系だったが、戦中、ポーランド風の「マレク・ヴウォダルスキ」に改名し、作品の署名もすべて書き換え、生き延びた。戦後は、ワルシャワ美術アカデミー教授を務める。一九〇三—一九六〇。

解説
デボラ・フォーゲル――東欧モダニズム地図の書き換え

1. マイノリティの逆襲――ジェンダー、言語、居住地

デボラ・フォーゲル（一九〇〇［〇二］―一九四二）は、両大戦間期のポーランド語作家ブルーノ・シュルツ（一八九二―一九四二）の作品誕生に関わる人物として、長くその名前だけが知られてきた。シュルツの第一短編集『肉桂色の店』の原型は、フォーゲルとの文通から生まれた。文学や芸術に対する関心を共有する二人は恋人関係にあった。異なる解釈を受けて二人の作品に現れる共通モチーフ――マネキン人形、物質＝素材、粗悪品、等々――がその痕跡を確かにとどめる。

フォーゲル自身も詩人であり作家であり、美術評論家であったにも拘わらず、『アカシアは花咲く』をはじめ、その仕事はポーランド文学史において忘却されていた。何より、フォーゲルが

東欧ユダヤ人の民衆言語であるイディッシュ語を執筆言語に選択したことが大きい。二冊のイディッシュ語詩集『日のかたち』（一九三〇）と『マネキンたち』（一九三四）のほか、一九三五年にはポーランド語に先立ち、イディッシュ語で『アカシアは花咲く』を刊行した。翌年、三つの短編（作者の言葉を使えば「モンタージュ」）の順番を変え、わずかの変更を加えて刊行したのが、訳出したポーランド語版である。これがフォーゲル唯一のポーランド語の文学作品となり、ほかには、文芸誌に寄稿した文学や美術に関するエッセイ、美術展評にその名を残す。

シュルツ研究者以外には忘れられていたフォーゲルの名前が復活するのは、二〇〇六年のことである。ポーランド語版短編集『アカシアは花咲く』（一九三六）が七十年ぶりに再刊され、『アカシアは花咲く』以降に書かれたフォーゲルのイディッシュ語作品のポーランド語訳が紹介された。一九三六年の『アカシアは花咲く』以降、文学から身を引いたかのように思われていたフォーゲルが、実はイディッシュ語作家として、作品発表の場をニューヨークのイディッシュ語文芸誌に移し、モダニズムの作家として注目されていたことが明らかになった。『アカシアは花咲く』以降をフォーゲルの創作の「後期」とすれば、後期イディッシュ語作品は、イディッシュ文学の若手研究者カロリナ・シマニャクの画期的発見である。シマニャクはこれ以降、ポーランドのイディッシュ文学史の空白を次々と埋める仕事をしていく。

イディッシュ語は国をもたないディアスポラの言語である。ユダヤ人移民の広がりに伴い、二十世紀初頭にその文化拠点はヨーロッパからアメリカに広がっていた。一方、フォーゲルが創作した都市リヴィウとその一帯は、フォーゲル生誕時にはオーストリア領の辺境であり、両大戦間期にポーランド領、第二次世界大戦後はウクライナ領と帰属を変えた。常に首都や文化的中心から「周縁」と措定されてきた地方都市である。ソ連崩壊と東欧の体制転換、二〇〇四年のEU東方拡大の前後から、二十世紀中東欧モダニズム地図の再考の気運が高まる。その流れにおいても近年まで忘れられてきたのがリヴィウであり、ウクライナ西部地域であった。フォーゲルはそこにいながら、イディッシュ語を通してモダニズム文学の最前線に参加していた。

シュルツという男性作家の誕生を支えた女性作家、西欧のラテン・アルファベットの世界に不可視化されたヘブライ文字のイディッシュ語作家が、世界のモダニズム地図を書き換える。女性、ユダヤ人、地方拠点、マイナー言語（ポーランド語、イディッシュ語）を属性とするデボラ・フォーゲルという存在が、いまや「アヴァンギャルドの歴史や文化的ヒエラルキーのもとになるカテゴリーの再考と作り直し」を促す(1)。

(1) "Wstęp," in *Montaże: Debora Vogel i nowa legenda miasta* (Łódź: Muzeum Sztuki w Łodzi, 2017), p. 20.

本書はフォーゲルの『アカシアは花咲く』ポーランド語版の全訳である。一九三六年のポーランド語版を原典として使い、ポーランド語版の再刊とドイツ語訳も参照した。まったく知られていなかった一九三〇年代後半のイディッシュ語作家としての活動も描き出すべく、ニューヨークのイディッシュ語雑誌『インジヒ』掲載のイディッシュ語の短編から三つ、さらに、同誌に掲載された『アカシアは花咲く』イディッシュ語版の書評と、それに対するフォーゲルの公開書簡をイディッシュ語から訳して加えた。ポーランド語版『アカシアは花咲く』は、両大戦間期ワルシャワの大手出版社ルーイから出たが、当時の評判は芳しくはない。唯一、この本の新しさと意義を的確に読み取ったのが、ブルーノ・シュルツであった。ちなみに、ルーイはシュルツの二冊の短編集の版元でもある。シュルツのその書評は、すでに工藤幸雄編訳『ブルーノ・シュルツ全集』（新潮社）に訳出されているが、工藤自身が『アカシアは花咲く』を未読の状態で訳していることもあり、今回、新たに訳した。

シュルツが書評で「とても美しいシュルレアリスム的な」と評するヘンリク・ストレング（ユダヤ系であることを隠すため、戦中、マレク・ヴウォダルスキに改名）のイラストは、原著に従い、同じ順番でほぼ同じ位置にすべて収めた（なお、イディッシュ語版にはポーランド語版にはないストレングの挿絵が一枚だけ入った）。さらに、原著は当時としても珍しいほどにフォントが大きく、字間が大きい。どこまで意図的になされたのかは不明だが、一枚一枚、ページを繰るたびに、読むスピードで言葉が立ち上がり、美しい一冊の書物空間を成している。編集者の木村浩之氏のご配慮により、本文は行間を多めに取ってその再現を目指した。

2. 生い立ち

フォーゲルは一九〇〇年（ヤギェロン大学の在籍記録に基づく。一九〇二年生まれと自称していたこともあるらしい）、当時オーストリア領ガリツィアの町ブルシュティンで同化ユダヤ人の家庭に生まれた。父親は同地の学校の校長であり、母親は女子学校を運営し、フォーゲルものちに教員となる。当時、ポーランドは三国分割下にあり、地図上に国はない。ガリツィアは現在のウクライナ西部国境地帯にあたり、第一回三国分割のときに、ポーランドからオーストリアが獲得した。リヴィウ（ドイツ語名レンベルク）を中心都市とし、ポーランド人、ウクライナ人、ユダヤ人が混住する地域であった。

フォーゲル一家はハスカラー（ユダヤ人の生活や文化の近代化、現地化を掲げる啓蒙運動で、イディッシュ語の使用を否定）とシオニズム（パレスチナにユダヤ人の民族国家建設を目指す思想、運動）を支持した。ゆえに家庭ではイディッシュ語は話さず、ドイツ語とポーランド語を話した。父親からはヘブライ語も習ったようだが、大学時代の友人でのちのジャーナリスト、ラヘラ・アウエルバフ（一九〇三―一九七六）の影響を受け、父の反対を押し切りイディッシュ語を学ぶ。常用しない後学の言語を執筆言語に選択した極めて珍しいケースである。

イディッシュ語は、ドイツ中部のライン川流域に移住した離散《ディアスポラ》のユダヤ人が、ドイツ語方言をもとに、ユダヤ教に関わるヘブライ語の語彙を持ち込んでできた混成言語である。十字軍やペスト流行を機に起きたユダヤ人迫害を逃れるために、ユダヤ人がさらに東へ、ユダヤ人に寛容な政策を取って保護するポーランドへと移動する過程で、移動先のスラヴ系の言語を取り込んで作られた。ヘブライ文字を使って右から左に書き、文法はドイツ語に近く、語彙はヘブライ語、ドイツ語、そしてポーランド語を主としたスラヴ系言語からなる。執筆言語に選んだものの、フォーゲルはイディッシュ語で書くことに苦労したことが伝えられている。実際、フォーゲルのイディッシュ語にはドイツ語の影響が強い。

父方、母方ともリヴィウ出身者が多いデボラの一家は、一九一〇年代にリヴィウに移った。第一次世界大戦が勃発すると、ウィーンに疎開する（これはブルーノ・シュルツも同様だ）。フォーゲルはそこでポーランド語、のちにドイツ語のギムナジウムに通った。戦後、一家はリヴィウに戻り、父はユダヤ人孤児院の院長の職に就き、母とともにデボラも運営に協力する。母方は政治や宗教パンフレットの出版社を運営し、リヴィウでも名の知れた家だった。母方のおじは一九一四年からスウェーデンで主席ラビを務め、もう一人のおじもシオニズムの熱心な活動家であった。一族の雰囲気は若きフォーゲルにも影響を与える。リヴィウのシオニズムの若者グループに参加したフォーゲルは、その機関紙にポーランド語の短編「メシア」を発表して作家デビューを飾った。

一九一九年、リヴィウのヤン・カジミェシュ大学に入学したフォーゲルは、哲学、歴史、ポーランド文学を学ぶ。一九二四年、クラクフのヤギェロン大学に籍を移し、二六年に博士論文「ヘーゲルにおける芸術の認識論的意味とユゼフ・クレメルにおけるその変容」により、博士号を取得。一九二六年から翌年にかけて、ベルリン、パリ、そしておじのいるストックホルムを旅し、そこで新しい芸術傾向に触れたとされる。リヴィウに戻り、ヤコブ・ロトマン・ヘブライ学校で心理学と文学の教職に就いた。

デボラ・フォーゲル

3．シュルツとの出会い

十歳ほど歳の離れたシュルツとは、一九二九年八月、当時すでに名の知れた作家、劇作家、画家、芸術理論家であったスタニスワフ・イグナツィ・ヴィトキェーヴィチ（一八八五―一九三九）、通称ヴィトカツィのザコパネの仕事場で出会ったとされる。[2] シュルツとヴィトカツィは一九二五年にすでに、シュルツの暮らす町ドロホビチで知り合っていた。シュルツ自身の言葉によれば、フォーゲルに宛てた手紙から「『肉桂色の店』が生まれた」。一九三六年、女友達宛の手紙には次のように書いている。「あと数年早く知り合っていたら、と残念です。あのころはまだ美しい手紙が書けた。私の手紙からゆっくりと『肉桂色の店』が生まれました。そのほとんどは『アカシアは花咲く』の作者デボラ・フォーゲルに宛てたものです。大半はなくなってしまいました。[3]」

結婚を考えていたというフォーゲルとシュルツの関係は、フォーゲルの母親の強い反対により破局を迎える。デビュー前のシュルツは、リヴィウから七十五キロほど離れた地方の町に住む一介の美術教員でしかなかった。一九三一年、フォーゲルは親の勧める四歳上のリヴィウの建築エ

デボラ・フォーゲルの肖像
（スタニスワフ・イグナツィ・ヴィトキェーヴィチ作）

ンジニア、バレンブルスと結婚し、五年後には一人息子をもうける。

『肉桂色の店』の原型となったシュルツの書簡はすべて紛失し、一九三八年から三九年にかけて、フォーゲルがシュルツに宛てた五通の書簡が残るにすぎない。そこからは、フォーゲルにとって、シュルツが変わらず特別な存在であったことがうかがえる。

もしかしたら私たちは、ある時から無意識に互いを避け合うようになっていて、それだから、何度会おうとも、毎回異質な人たちに取り囲まれることになっているのではないでしょうか。似通っているという評判のすべてが勝手に作用して、私たちはもうこれ以上、お互いに自分をさらけ出そうとしなくなったのでしょうか。そんな出し惜しみはとても悲しく、非生産的。

（2）ヴィトカツィの父、スタニスワフ・ヴィトキェーヴィチ（一八五一―一九一五）は画家、美術評論家、建築家であり、拠点としたザコパネは十九世紀末から両大戦間期にかけて、ポーランドの文化人が集う一文化拠点となった。スタニスワフは同地の山岳地帯の様式を取り入れたモダン建築様式「ザコパネ様式」を広めたことでも知られる。

（3）Bruno Schulz, *Księga listów. Dzieła zebrane tom 5* (Gdańsk: słowo/obraz terytoria, 2016), ed. Jerzy Ficowski and Stanisław Denecki, p. 142.

人間の愚かさはなんという悪を引き起こすのでしょう。そんな愚かさが人間のもっとも本質的な欲求と、もっとも深いところにある憧憬を左右するなんて、なんて悲しいことでしょう。というのも、あのころの私たちの会話、私たちの交流は、一生に一度起こるか起こらないかのような、もしかしたら数回、十数回の期待のもてない無彩色の人生にたった一度起きうるかどうかのめったにない奇跡的な出来事のひとつだったのだから。(一九三八年十一月二十一日)(4)

その後、シュルツは一九三三年に『肉桂色の店』で文壇デビューし、同じころ出会ったユゼフィーナ・シェリンスカと婚約関係に入る。すでにシェリンスカという婚約者がいた時期とはいえ、一九三四年にシュルツが友人宛の書簡に次のように書いているのをみると、フォーゲルのことを思わずにはいられない。

僕には連れが要ります。自分に似た人間がそばにいることが必要です。〔……〕僕が必要なのは発見のための協力者です。一人の人間にとっては危険で不可能、頭のなかだけの気まぐれにすぎないものも、四つの目に映ると現実に変わる。世界はこの共同作業を待っていたかのようだ。それまでは閉ざされ、狭くて先の展開のなかった世界が、色彩豊かな広がりとなって成熟し始め、はち切れ、深みへと広がっていく。描かれた書き割りは深みを増し、現実の風景に道を譲り、壁はこれまでは届かなかった次元へと僕らを通り抜けさせ、秋の空に描かれたフレスコはパントマイムのように活気づく。（一九三四年六月二十一日）(5)

フォーゲルとシュルツは、この「四つの目」であったように思える。シュルツとユゼフィーナの関係は一九三七年に破局を迎え、フォーゲルとシュルツの友情は再び活気づく。

一九三九年九月、ナチス・ドイツがポーランドに侵攻して第二次世界大戦が勃発すると、リヴィウはソ連の支配下に入る。為政者のイデオロギーに従う必要はあったものの、ユダヤ系市民も戦前の仕事を続けることができた。フォーゲルも教員の仕事を続けた。一九四一年、独ソ戦が勃発し、リヴィウ一帯がナチス・ドイツの占領下に入ると状況は一転。フォーゲル一家も市内のユダヤ人ゲットーに強制移住させられる。一九四二年八月、ゲットー内で行われたユダヤ人一掃作戦により、フォーゲルは母、夫、息子とともに射殺された。一家の死体を発見したのは、死体

（4）Schulz, *Księga listów*, p. 265.
（5）Schulz, *Księga listów*, p. 51.

処理の仕事につかされたヘンリク・ストレング。『アカシアは花咲く』の挿絵を描いた親友である。この年、十一月十九日にはドロホビチのゲットーの路上でシュルツがSS将校に射殺された。ストレングは戦争を生き延び、戦後も制作を続け、ワルシャワの美術アカデミーの教授を務めた。戦前の絵画には、「ストレング（Streng）」の署名部分を消し、「ヴウォダルスキ（Włodarski）」と重ねがきし、ユダヤ系の出自を想起させる「ストレング」の過去を徹底的に消去した痕跡が見つかる。

4．イディッシュ語雑誌『ツシタイエル』

一九二七年ころにヨーロッパ旅行を終えてリヴィウに落ち着いたフォーゲルは、地元のイディッシュ語作家やパリ帰りの若手前衛画家とともに、新しい芸術や文学の創造を目指して活発な活動を始める。

一九二九年、フォーゲルがイディッシュ語に関心を持つきっかけとなった親友ラヘラ・アウエルバフを中心に、この地域で初のイディッシュ語文芸誌『ツシタイエル（寄与、贈り物）』（*Cusztajer*）が刊行される。当時のユダヤ系知識人の重要な関心事であったシオニズムなど政治問題には立ち入らず、地域のイディッシュ語詩人の作品や批評、まだ作家デビュー前のブルーノ・シュルツや、同じころにリヴィウで結成された前衛美術グループ、アルテス（artes）のユダヤ人画家の絵画の複製を載せた。

戦間期、リヴィウを中心とする一帯は、ユダヤ人が多かったにも拘わらず、言語的同化の地として知られた。イディッシュ語文学の不毛地帯に、イディッシュ語文化の一拠点を作る「寄与」となることを目指し、創刊号と第二号の編集部からの記事では、ガリツィアのイディッシュ語文学、文化を盛り上げることが目標かつ任務として繰り返される。具体的な方向性は一九三一年の第三号に打ち出される。「我々の使命ははっきりしている。我々はガリツィアにおけるモダンなイディッシュ語文化運動の先駆者になるのだ」。

フォーゲルもこの雑誌に協力し、美術と文学に関する論考を寄稿した（第一号「シャガール芸術における主題と形式」、第三号「詩における白い言葉」）。フォーゲルの二冊のイディッシュ語詩集も、この雑誌を発行者として刊行されている。

しかし、同化が進んだガリツィアでは、知識人層でイディッシュ語を使用する者やイディッシュ語で書く選択をする者は稀だった。さらに、イディッシュ語を読む大多数の読者にとって、この雑誌あるいはフォーゲルの文学の関心は共有しにくいものだった。季刊と銘打って創刊されたこの雑誌は、一年に一号ずつ出し、一九三一年の第三号で終わってしまう。

フォーゲルはシュルツ宛の書簡に書いている。

この夕べ〔イディッシュ語の詩の朗読会〕は、この頃は少し収まりつつあった不安と苦々しさをまた目覚めさせた。誰のためにイディッシュ語で書くのか？ やって来た人たちは問題を理解していたが、イディッシュ語を知らないのが彼らの障壁だった。ユダヤ人詩人やいわゆるイディシストは誰ひとりとしてこなかった。（一九三八年十二月七日）[6]

イディッシュ語の選択は読者の広がりを制限することに等しかった。しかし、ディアスポラの言語イディッシュ語で書くことは、翻訳を介さずに、ヨーロッパの「辺境」にいながら、イディッシュ語使用者のいる大都市のモダニズム文学の最前線に同時的に参加することを可能にした。『アカシアは花咲く』をきっかけに、フォーゲルは海をまたいでアメリカのイディッシュ語雑誌に寄稿し、その名を残していく。

5.『アカシアは花咲く』とモンタージュ――造形美術と文学の交差

一九三五年にイディッシュ語、三六年にポーランド語で発表した『アカシアは花咲く』はフォーゲルの唯一の散文作品である。特定の登場人物もなければ、明確なプロットもない。非人称文（とりわけ、非人称能動過去）とコロン、セミコロンが多用される特異な文体だ。色彩づけられ、手触りを与えられ、くっきりと特徴づけられた季節が背景から主役にせり出し、リヴィウを思わせる町や人びとの情景が描き出される。

繰り返されるモチーフは、「人生、生活、生命」（życie）である。日本語では原語の意味の広がりを失わないように努めた。失敗して「砕けた人生」、「折れた心」を前提に、どう生きるか、が静かに問われる。経緯や内容がつぶさに語られることはない。日常のさまざまな現象の観察を経て、それでも生きなくてはならない、という定理が引き出されては、繰り返される。やり直しのきかない選択が作る生を引き受け続けること、増殖するあきらめや悲しみとともに生きること。作者三十代半ばにしての作品である。

（6）Schulz, *Księga listów*, p. 267.

幾何学的形態、色彩、街、マネキン、歩行、等々、モチーフは先立つイディッシュ語詩集を継承している。そして文学以外を主題とする評論（「住宅の心理的および社会的機能」一九三二、「リヴィウのユダヤ人街」一九三五）でも、これらのテーマやモチーフに関心が寄せられる。詩、散文、評論というジャンルの壁を越え、自身の関心テーマを追求する作家だった。

「自分の詩は新しいスタイルの試みだと思っている。そこに近代絵画との類似を見ている」（フォーゲル『日のかたち』序文、一九三〇）。フォーゲルの視線は日常風景を幾何学的形態や色彩、素材に変換する。「ここに現れる物は、球や四角、矩形の平面（使い慣れた名前ではドレス、家具、アスファルト、人間たち）」（九頁）。フォーゲルによれば、「括弧にくくられて出てくる名前はすでに手垢のついたもので、物に対する紋切型の解釈であり、ひとえに習慣からわれわれが用いている名前」（「文学のモンタージュ（序）」一九三八）[7]にすぎない。対象を名づけから、現実との照応から解き放ち、幾何学的形態や色、触感や素材として把握し、表現する発想には、画家セザンヌやキュビスムのもたらした新しい「みる方法」の文学ジャンルにおける応用をみることができる。しかし、なにより文学と視覚芸術を融合させる蝶番の役割を果たしたのが、モンタージュである。『アカシアは花咲く』以降のフォーゲルはモンタージュを文学の形式として選択していく。

「モンタージュ」はフランス語の動詞「組み立てる」（*monter*）に由来し、二十世紀初頭、映画、美術、文学に現れ、影響力を持った手法であり、概念である。異なる種類の独立した要素を組み合わせ、その全体によって新しい意味を作り出すことを志向する。一九二〇年代、ソ連の映画において、セルゲイ・エイゼンシュテインが映画の特殊性を基礎づける概念としてモンタージュを理論化し、自作においてそれを実践した。イメージそれ自体ではなく、そのつなぎ合わせによって映画の言語が生まれ、そこに映画の本質があると考えた。

美術の領域では、ドイツとソ連でフォトモンタージュが写真のサブジャンルとして現れる。写真（多重露光を含む）や複製イメージの並置により、全体として新しい意味が作り出される。フォトモンタージュは政治批判や風刺に使われることも多く、ベルリン・ダダのジョン・ハートフィールドはナチズム批判にフォトモンタージュを用い、その作品は左翼誌『労働者画報』（AIZ）の表紙を飾った（ちなみに、ポーランド未来派のブルーノ・ヤシェンスキの問題作『パリを焼く』のドイツ語訳は、この雑誌に連載された）。ソ連ではアレクサンドル・ロトチェンコとエリ・リシツキーがポスター広告やブックデザインにフォトモンタージュの技法を使っていく。

（7）カロリナ・シマニャクによるイディッシュ語からのポーランド語訳を参照した。Debora Vogel, "Montaż literacki (Wprowadzenie) (1938)," in Karolina Szymaniak, *Być agentem wiecznej idei: Przemiany poglądów estetycznych Debory Vogel* (Kraków: Universitas, 2006), pp. 270-274.

両大戦間期ポーランドでもフォトモンタージュは流行し、新聞、雑誌、本の表紙に頻繁に使われた。一九二〇年代、構成主義の画家であり、ポーランドの代表的前衛雑誌『ブロック』の編集者でもあったミェチスワフ・シュチュカ（一八九八―一九二七）が、フォトモンタージュを使って本の表紙やポスターをデザインし、一九三〇年代に入ると共産主義傾向のミェチスワフ・ベルマンが政治批判のフォトモンタージュを作成した。カジミェシュ・ポドサデツキは社会批判から商業主義的なものまで幅広く手掛けた。フォーゲル周辺の前衛美術グループ、アルテスの画家たち（イエジ・ヤニシュ、マルギット・シェルスカ、アレクサンデル・クシヴォブウォツキ）は、政治性や社会性の薄いフォトモンタージュを作成した。

アルテスの画家たちのフォトモンタージュを受けて、フォーゲルは『アカシアは花咲く』に先立つ一九三四年、地元リヴィウの左翼系総合誌『シグナル』（*Sygnały*）に評論「フォトモンター

アナトル・ステルン、ブルーノ・ヤシェンスキ
『地球は左に』（1924）表紙
（ミェチスワフ・シュチュカ作）

ジュの系譜とその可能性」を二号にわたって寄せた。ミェチスワフ・シュチュカのフォトモンタージュ論を参照しながら、フォトモンタージュの系譜としてキュビスム、構成主義、ドローネーのシミュルタニスム、シュルレアリスムを挙げ、現代性を表現するメディアとしてモンタージュを評価した。キュビスム、パピエ・コレには物質性や雑種的な日常性や現実性の取り込みを、構成主義にはその均整のとれた対称に全体の統一のリズムを、さらにシミュルタニスムにはフォトモンタージュの本質である異種混淆的な現実の同居を見出す。対してシュルレアリスムは様々な要素の「非現実的」な結合であり、主観的で内的な連想に基づいていると批判的にとらえた。そして、それを超え、叙事性と物の客観的かつ物質的規則に従うものとして、来たるべきモンタージュを構想した（本書収録のアルクヴィット宛の公開書簡では、自身のモンタージュを「ポスト・シュルレアリスム」的とみなしている）。

一般にモダニズム文学におけるモンタージュは、新聞の見出し、流行歌の歌詞、ラジオや通りの声、ポスターの言葉など、日常を取り巻く多様な言葉を取り込み、それによって「現実」や現代性を表現しようとする手法を指して使われる。ジョン・ドス＝パソス『マンハッタン・トランスファー』（一九二五）やアルフレート・デーブリン『ベルリン・アレクサンダー広場』（一九二九）が代表的である。フォーゲルもタンゴの歌詞や新聞の見出しを取り込み、平凡な日常風景に時事性を取り込む。「文学でも〔フォトモンタージュにおける写真のように〕用意された素材を似たように利用することができる。素材となるのは、新聞のニュース、通りを流れる歌やダンスの曲の引用、日常会話のありきたりの文章や慣用句」（「文学ジャンルとしてのモンタージュ」一九三八）[8]。しかし、フォーゲルの「モンタージュ」は表面的な技法にとどまらない。

『アカシアは花咲く』は、イディッシュ語版もポーランド語版も、副題には「モンタージュ」が添えられた。「詩」、「小説」など、副題にジャンルを記すのはこの時代の習慣である。しかし、「モンタージュ」をこの場所に置いたのはフォーゲルが唯一であろう。

フォーゲルによれば、モンタージュは小説や詩につきもののプロットや音韻的連続性を排し、本来の生がそうであるように、個々の出来事や情景のあいだの空隙をそのまま持ち込む。プロットの代わりにそれらをつなぐのが、「年代記」という形式で現れる時間だ（「文学ジャンルとしてのモンタージュ」）。確かに『アカシアは花咲く』の三つの短編は、細かく章分けされ、一見、関連性のないシーンが連続し、それらをつなぐ主人公もいない。そして三つの「モンタージュ」は、年代記、砕けて復権する生、鉄道駅の建設という時間の流れにそれぞれ貫かれている。

この『アカシアは花咲く』は、明確なプロットと文体を良しとする両大戦間期ポーランド文学において、文体、形式ともに異質だった。そもそも、巻頭の短編「アザレアの花屋」はアンチ・ロマン（反小説）の宣言で始まっている。冒頭、「時代遅れ」とも言えるような小説として例示されるのは、いつ、どこで、誰が、を全知の視点から語る三人称小説である。このくだりはアンドレ・ブルトンの『シュルレアリスム宣言』（一九二四）を思い出させる。事実報告的な小説への批判を展開するなかでブルトンは、「公爵夫人は五時に外出した」という文章など自分は書かないと述べたポール・ヴァレリーを想起している。『アカシアは花咲く』において、人間は常に「人びと」、「女性」、「紳士」であって名を持たないが、一度だけSz《シュ》氏が現れる。「名前など頭文字の問題にすぎない」という同宣言の中の一節に呼応している。いずれ、当時のポーランド文壇にとって、フォーゲルのデビュー作は新しすぎた。

一方、ニューヨークのイディッシュ語詩人たちは、フォーゲルの作品をモダニズムという土俵で然るべく評価し、応答していく。居場所を見つけたフォーゲルは、これ以降、ポーランド文壇に見切りをつけたかのように、イディッシュ語世界に発表の場を移し、「モンタージュ」と名づけた散文作品やモンタージュ論を『インジヒ』を中心に発表していく。

「モンタージュは形式上の実験に尽きるのではなく、世界観の必然的表現なのだ」。一九三六―三七年号のイディッシュ語雑誌『ボードゥン』に発表した「文学ジャンルとしてのモンタージュ」

（8）カロリナ・シマニャクによるイディッシュ語からのポーランド語訳を参照した。Debora Vogel, "Montaż jako gatunek literacki (1936/37)," in Szymaniak, *Być agentem wiecznej idei*, pp. 262-269.

はこのエピグラフに始まる。一九三八年、やはりイディッシュ語雑誌『インズル』に発表された「文学のモンタージュ（序）」と合わせて、自作『アカシアは花咲く』に対する解説として読むことができる。

フォーゲルのモンタージュにおいて重要な概念がシミュルタニスムである。

> 私にとってそれ〔シミュルタニスム〕は異種混淆的状況と経験の可能性と、それゆえにもたらされる物事のヒエラルキーの消去の可能性を意味する。それはある種の生《せい》の同一性であり、同一平面性である。それは静力学と単調さの印象を与えるものの、ポリフォニックな内容に満ちている。
> （「文学のモンタージュ（序）」）

そして、フォトモンタージュ論にあったように、同時に必要なのは論理性である。「私のモンタージュは論理的原則の上に作られる。多様な諸状況のあいだのこの論理性こそが、それらを一なる全体に結びつける」（同）。こうしたモンタージュを「論理的シミュルタニスム」とフォーゲルは名づけ、その例として行進する兵隊とアザレアの花屋のシーンを挙げる。完全性という事実が二つに共通しており、それが二つのシーンを結びつけ、新たな始まりと静寂に対する奇妙な期待を引き起こすのだ、と解説する。

フォーゲルの一貫したテーマは生《せい》であった。「モンタージュの特権的なテーマとは――生のポリフォニー性」（同）であり、「モンタージュの真の主人公は二つの主たる傾向性――生物学的（で継続的）傾向と社会的（でアクチュアルな）傾向――を備えた、それ自体の弁証法に基づく生《せい》のプロセス」（「文学ジャンルとしてのモンタージュ」）なのである。モンタージュは、フォーゲルの捉える「生」のあり方をそれ自体として伝えるメディアであった。

フォーゲルは論考のなかで、しばしばルポルタージュとモンタージュの違いを指摘する。作家が目指したのは、単なる写実的描写とは異なる現代性、現実性の表現であり、それは主題やモチーフにとどまらず、また、単なる出自多様なテクストの取り込みを超え、モンタージュという形式あるいはメディアによっても複層的に表現されるべきものであり、モンタージュによってこそ、その本質が再現されるものであった。詩から散文、あるいはモンタージュへの移行は、フォーゲルにとっての必然だった。

6．造形美術家集団アルテス

一九三〇年代、ポーランドの左派傾向の前衛芸術家、作家たちは社会的テーマに回帰し、それを表現する「新しいリアリズム」のあり方を模索していた。それは、必ずしも社会主義リアリズムと重なるものではなく、キュビスム、構成主義、シュルレアリスムを超えた新しいかたちが求められた。フォーゲルのモンタージュもこの流れのなかで理解されねばならない。

そして、フォーゲルの芸術的関心は、リヴィウの同年代の前衛画家たち、とりわけ一九二九年、パリから帰国した画家たちによって結成された造形美術家集団アルテス抜きには考えることができない。アルテスはシュルレアリスムが根づかなかったポーランドにおいて、唯一「シュルレアリスム的」と評されるグループであり、フォトモンタージュ作品の制作でも知られる。リヴィウの民族構成を反映するかのように、ポーランド人、ユダヤ人、ウクライナ人が参加したことも当時としては異色で、エスニシティではなくリヴィウという都市を枠組みに、芸術傾向を共有する若手画家たちが、リヴィウに根差した新しい美術を目指していた。

アルテスでは『アカシアは花咲く』に挿絵を書いたストレングを中心に、「新しいリアリズム」が打ちだされ、日常の生活からテーマをとる方向や芸術の社会参加が議論されていく。フォーゲルも、巡る季節の情景の描写に新聞記事や失業者の姿を取り込み、世界的不況や軍需産業の伸張、戦争に向かう社会の雰囲気を伝え、関心を共有している。

アルテスのストレング、同じくユダヤ系であるオットー・ハーン、マルギット・ライヒ（のちに、アルテスのロマン・シェルスキと結婚して、マルギット・シェルスカ）は、一九二〇年代のパリ滞在中、フェルナン・レジェやアメデエ・オザンファンの教えるアカデミー・モデルネに学んだ。戦前のストレングやハーン（ハーンは一九四二年、ベウジェッツ絶滅収容所へ移送される途中に列車から逃走し、撃たれ、リヴィウまでたどりついて亡くなる）の作品にはレジェの影響が色濃い。ちなみに、フォーゲルのイディッシュ語作品「軍隊の行進——モンタージュの一章」には、「機械的《メカニック》バレエ」という言葉が出てくる。一九二四年にレジェが撮ったフィルムのタイトルである。あるいは、オスカー・シュレンマーのトリアディック・バレエも念頭にあっただろうか。アルテスの最年長メンバー、ルドヴィク・リレはバウハウスの聴講生でもあった。

レジェはポーランドにおいて、一九二二年に「現代性の代表者」として大々的に紹介されていた。一九二〇年代、のちに「クラクフ・アヴァンギャルド」、「第一アヴァンギャルド」と呼ばれる前衛運動を牽引した詩人、小説家、理論家のタデウシュ・パイペル（一八九一—一九六九）が創刊した前衛雑誌『転轍機』（*Zwrotnica*）第一号（一九二二）は、巻頭にレジェの「ネジ」という絵画作品のカラー複製を載せ、レジェに関する記事、白黒の絵画複製を三点載せた。レジェの絵画は「我々の時代について描かれた歌」と賞賛されている。

オーストリア市民として生まれたパイペルは、パリ滞在中に第一次世界大戦が勃発したため、敵国民としてフランスから追放され、一九一五年から一九二〇年まで、マドリードを拠点にした。スペイン語、カタルーニャ語でジャーナリストとして多数の記事を執筆し、マドリードの前衛文学雑誌『ウルトラ』（*Ultra*）に寄稿し、その運動にも参加した。一九二一年、すでに独立を果たしていたポーランドのクラクフに戻り、『ウルトラ』をモデルとして『転轍機』を翌年から刊行。フランス、スペイン、ロシアなど、同時代の世界の前衛詩、ダダや未来派のマニフェストの翻訳、美術動向をめぐる記事、そして自身をはじめ、スタニスワフ・イグナツィ・ヴィトキェーヴィチやポーランド未来派詩人からのちにソ連作家に転向するブルーノ・ヤシェンスキ（一九〇一―一九三八）、前衛画家ヴワディスワフ・スチシェミンスキ（一八九三―一九五二）の作品、翻訳、論考を載せ、ポーランドにおける前衛文学と美術の展開に大きな影響を与えた。初めて「アヴァンギャルド」の言葉をポーランドで用いたのもこの雑誌である。『転轍機』二号に掲載されたパイペルの評論「町、大衆、機械」（Miasto. Masa. Maszyna）は、現代性の象徴としてタイトルに挙げた三つのMを称揚し、ポーランド前衛のマニフェスト的テクストのひとつとなる。この『転轍機』が一世代下のフォーゲルやアルテスのメンバーに影響を与えたことは疑いえない。

7．雑誌『シグナル』

フォーゲルのリヴィウの交友関係において、アルテスとともにもう一つ看過できないのが、フォトモンタージュ論を寄せたポーランド語雑誌『シグナル』である。この雑誌にはアルテスのメンバーやブルーノ・シュルツも寄稿した。『アカシアは花咲く』の初のポーランド語版も、一九三四年に作者自身の翻訳で、「より大きな全体の一部」として同誌に掲載されている。

一九三三年、フォーゲルより一世代下の若手文学者を中心にリヴィウで刊行された『シグナル』は、一九三〇年代半ばにはポーランド全国で幅広い層に読まれる代表的左派雑誌に成長していた。注目したいのは、この雑誌がポーランド東部国境地帯の非ポーランド系住民の文化に紙面を割いたことだ。第三号（一九三四年）からウクライナに関するコラムを常時設け、ユダヤ文化、イディッシュ語文学のコラムを不定期ながら掲載し、ウクライナ特集号、ベラルーシ特集号のほか、リトアニア文学の記事も載せた。フォーゲルはこの雑誌のイディッシュ語文学に関するコラム欄に寄稿し、一九三〇年代半ば以降はリヴィウ周辺の美術展評を寄せている。ポーランドの独立とともに、リヴィウを含む現在のウクライナ、ベラルーシ、リトアニアに重なる一帯は、ポーランドの東部国境地帯に組み込まれた。ウクライナ人、ベラルーシ人、リトアニア人など非ポーランド系住民は、両大戦間期ポーランドにおけるマイノリティとなった。リヴィウ刊行の『シグナル』は、リヴィウおよびポーランドを民族混淆の地と捉え、ナショナリティに基づかない異種混淆性を文化的アイデンティティとして打ち出した。

> リヴィウは奇妙で面白い創造的な町だ。もしかしたら世界中ほかのどの都市にも例のない、独自の歴史と過去を持っている。東西の中継地帯に位置し、何世紀にもわたってさまざまな、それも互いに対立しあうような文化的、社会的、政治的傾向と動きの影響を多々受けてきた。リヴィウは時にそれらから独自の、理性でも感覚でも必ずしも全員に理解されるわけではない——創造的ジンテーゼを生み出すことができた。共存と争いのジンテーゼ、複数の文化、宗教、民族のジンテーゼを。このジンテーゼをもたらしたのは、リヴィウの絶えざる辺境性、つまり東からも西からも辺境にあったことである。（『シグナル』十—十一号、一九三四年）

異種混淆的要素のジンテーゼとしての創造。フォーゲルの思い描くモンタージュと、雑誌『シグナル』編集部の描くリヴィウや国境地帯の多文化性には同じ図式が見出せる。

アルテスのメンバーの一人は戦後、『シグナル』の編集部をリヴィウの文化的社交場の一つとして想起している。その常連には、イディッシュ語雑誌『ツシタイエル』やアルテスのメンバー、シュルツの名が挙がる。ワルシャワを中心に描かれた戦間期ポーランド文化地図では辺境にあったリヴィウで、その文化的混淆性を反映した文化を作り、世界の前衛芸術に参加しようという気運が造形美術とイディッシュ語文学に生まれた。雑誌『シグナル』はその動きを混淆的かつ非ナショナルなアイデンティティとして言語化し、方向づけた。ジャンル横断的なリヴィウのこの前衛運動のなかで、『アカシアは花咲く』は生まれた。

8. 一九三〇年代リヴィウの風景

固有名を排除した『アカシアは花咲く』において、時おりリヴィウやその通りの名前が顔をのぞかせる。匿名の風景も、当時のリヴィウに同定できる。歯磨き粉〈オドル〉の広告は、『シグナル』をはじめ、当時のポーランドの雑誌に頻出していた。一九二九年には、リヴィウに初の近代的な高層建築が現れた。かつてのアカデミツカ通り、現在、アダム・ミツキェーヴィチの銅像のある広場につながる通りに、七階建てのスプレハービルという近代建築が完成した。そこには〈オドル〉や〈レコード〉印のネクタイの電飾広告が設置されたという。短編「アザレアの花屋」の三章「リズムを刻む家々」の失業者の

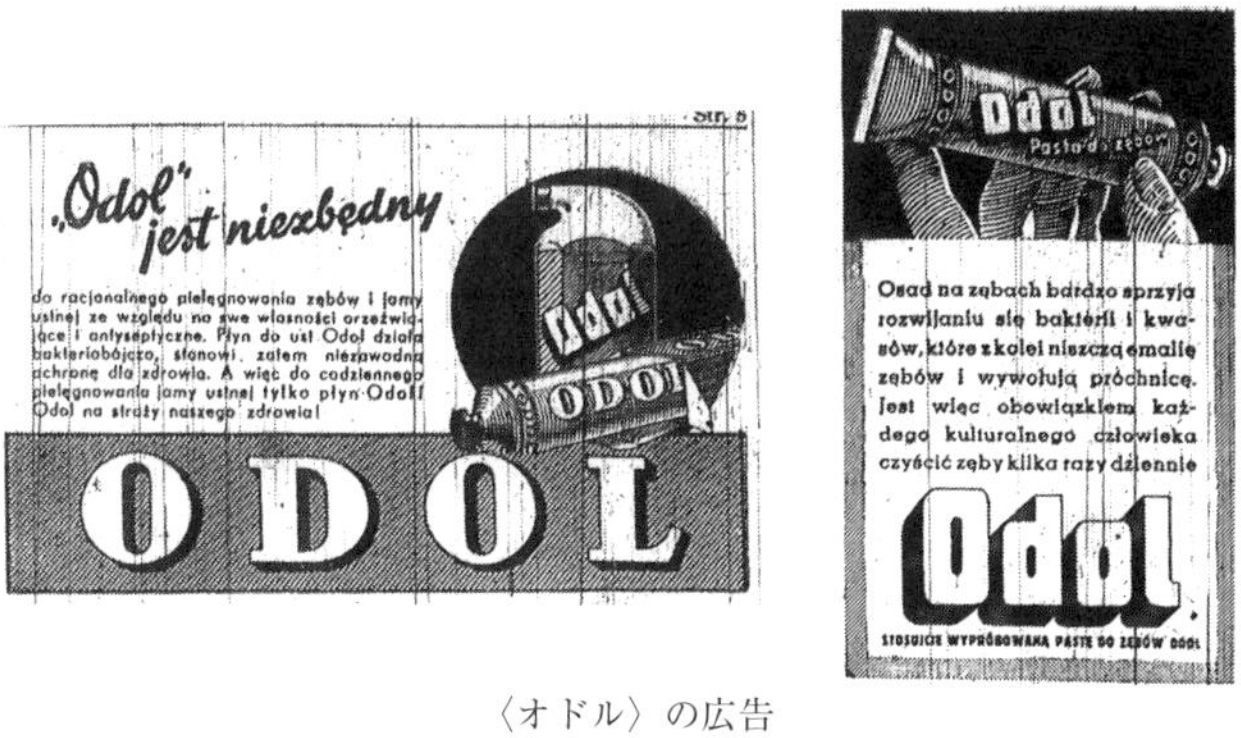

〈オドル〉の広告

背後に光る電飾だ。

さらに、短編「アカシアは花咲く」の粗悪品の氾濫は、リヴィウのユダヤ人街をモデルにしているようだ。「悲劇的視界は堕落と単調さを浮かび上がらせ、「商品」でいっぱいの移動式屋台とむき出しの手をけばけばしく見せつける——大量の安物のネクタイ、ハンカチ（十枚で一ズロチ）、髪留めのピン、安全ピン」、「ここの俗語で〈パリ〉と呼ばれるテオドル広場。〔……〕空っぽで不均等な空間は疑わしいものでいっぱいだ。ここは粗悪品の王国、人生の安っぽさと売りに出された商品の王国、不確かさと安物の領域、いわばベルリン・アレクサンダー広場やパリのモンマルトルのユダヤ版……つまるところ、押しつぶされた悲しみや不信でいっぱいだ」（「リヴィウのユダヤ人街」）。

さらに失業者の姿は一九三〇年代、不況にあえぐリヴィウあるいはポーランドの情景そのものだ。タンゴは、両大戦間期にポーランド語の歌詞を載せて流行した。表面上は色彩と幾何学的形態に変換された匿名の町は、一九三〇年代リヴィウの姿なのである。

9. そして、ふたたびアカシアは花咲く

二〇〇六年のポーランド語版『アカシアは花咲く』の再版以降、フォーゲルの翻訳も相次いでいる。日本語では『アカシアは花咲く』の表題作「アカシアは花咲く」が拙訳により、二〇〇九年、東京大学文学部現代文芸論研究室論集『れにくさ』一号に、その改訳版が同年、『モンキービジネス』七号に発表された。本書はこれを全面的に改稿している。

それに続くのが、現在、リヴィウが帰属するウクライナである。二〇一五年、イディッシュ語詩集『日のかたち』と『マネキンたち』を一冊にまとめたウクライナ語訳が刊行され、二〇一八年にはやはりイディッシュ語から『アカシアは花咲く』が訳された（ユルコ・プロハスコ訳）。二〇一六年には、二冊のイディッシュ語詩集と『アカシアは花咲く』（ポーランド語からの訳）、書簡、エッセイ、訳者解説を一冊に収めたドイツ語訳、デボラ・フォーゲル『断念の幾何学――詩、モンタージュ、エッセイ、書簡』がアンナ・マヤ・ミシャクの翻訳、編集によって刊行された。現在、唯一のフォーゲル全集である。

二〇一七年は、一九一七年に開かれた第一回ポーランド表現主義展の開催から百年にあたり、ポーランドにおいてアヴァンギャルド年に指定された。ワルシャワ、クラクフ、ウーチの美術館で記念の展覧会やイベントが開かれ、デボラ・フォーゲルとその活動拠点であるリヴィウのア

ヴァンギャルドをテーマとする展覧会「モンタージュ――デボラ・フォーゲルと都市の新しい伝説」がウーチ美術館で開かれた（二〇一七年十月二十七日―二〇一八年二月四日）。文学を主たる活動領域とする作家を主眼に据えた展覧会が国立美術館で開催されるのは、二〇一五年にタデウシュ・パイペル展がワルシャワ国立美術館で開かれた例はあるものの、世界的にも珍しい。展覧会カタログはポーランド語版、英語版の二言語でそれぞれ刊行され、フォーゲルがイディッシュ語やポーランド語で書いた文学や美術に関するエッセイも収録されている。戦後、初の刊行となるものも多い。フォーゲル再発見の立役者であるシマニャクをはじめ、訳者も論考を寄せた。この英語版カタログは、これまでポーランド語かイディッシュ語でしかアクセスできなかったフォーゲルの論考を英語訳により多くの読者に開いた点でも意味を持つ。フォーゲルの文学作品は英語訳も予定されていると言い、東欧モダニズム地図再考の鍵としてのフォーゲルに対する注目は、今後もまだまだ続きそうだ。

＊

最後に、研究史とも重なるため、翻訳の経緯も記しておく。シュルツ研究に従事していた訳者はワルシャワ留学時代、二〇〇六年のポーランド語版再刊に先だって、ポーランド語の原書『アカシアは花咲く』を入手していた。ふんだんに挿絵の入った本が、ワルシャワ大学正門横の古本屋でわずか三十ズロチ（千円ほど）。二〇〇〇年代前半、フォーゲルを知るのはごくわずかのシュルツ研究者に限られた。再刊と同時に刊行されたシマニャクの研究まで、フォーゲルのイディッシュ語の作品を論じた研究は皆無であり、アルテスや『シグナル』など、一九三〇年代のリヴィウの美術や文学動向の流れのなかで捉える視野も、アルテス研究の第一人者であるヴロツワフ国立美術館のピョートル・ウカシェーヴィチ以外にはほぼなかった。第二次世界大戦後にウクライナ領となった両大戦間期ポーランド領のリヴィウの美術、文学の領域横断的動きは、国別、言語別、領域別の研究において、見落とされていた。

訳者はシュルツを出発点に、フォーゲル、アルテス、雑誌『シグナル』を調べ、資料と人を探して研究を進めた。大都市の躍動感を感じながらも地方に戻り、中心に呑みこまれない視点を保ち、周縁から世界を新しく描く情熱に共感するところが大きい。リヴィウに、あるいはどこか知らぬ町に、また今年もアカシアは花咲く。

本訳書は、ブルーノ・シュルツやポーランド前衛文学の訳者であり紹介者である工藤幸雄氏から受けたバトンを継ぐ仕事でもある。『アカシアは花咲く』再刊のころは工藤氏も存命で、留学先のワルシャワとクラクフから、フォーゲルのこと、シュルツのこと、リヴィウのこと、新しい発見や情報、知人の消息をメールでやり取りしていた。当時から下訳を始め、十数年経過してようやく刊行に至った。日本においてポーランド文学の研究も紹介も、まだやるべきことはたくさんある。

イディッシュ語雑誌『インジヒ』掲載のフォーゲルの作品は、友人イェヒエル・ワイズマン Yechiel Weizman 氏の助力により、イェルサレム訪問時にイスラエル国立図書館ですべて入手できた。記して感謝したい。また、出版当初は「実験的」と言われたフォーゲル作品に対し、「時の経過に耐える独自性であれば、もはや一過性の実験とは呼べまい」という評価に同意し、出版を快諾してくださった松籟社の木村浩之氏にも感謝する。なお、本解説は既発表の拙論を部分的に利用している。

二〇一八年九月

加藤有子

【参考文献】

Czekalski, Stanisław. 2000. *Awangarda i mit racjonalizacji. Fotomontaż polski okresu dwudziestolecia międzywojennego*. Poznań: Wydawnictwo Poznańskiego Towarzystwa Przyjaciół Nauk.

Montages. Debora Vogel and the New Legend of the City. 2017. Łódź: Muzeum Sztuki w Łodzi.

Montaże: Debora Vogel i nowa legenda miasta. 2017. Łódź: Muzeum Sztuki w Łodzi.

Szymaniak, Karolina. 2006. *Być agentem wiecznej idei. Przemiany poglądów estetycznych Debory Vogel*. Kraków: Universitas.

——. 2006. "Rozdwojony język. "Cusztajer" i galicyjskie jidyszowe środowisko artystyczne." *Midrasz*, 7-8 (111-112): 30-35.

Vogel, Debora. 1936. *Akacje kwitną. Montaże*. Warszawa: Rój.

——. 2006. *akacje kwitną. montaże*. Kraków: Austeria.

——. 2016. *Die Geometrie des Verzichts. Gedichte, Montagen, Essays, Briefe*. Ed. and trans. Anna Maja Misiak. Wuppertal: Arco Verlag.

加藤有子「デボラ・フォーゲル『アカシアが花咲く——モンタージュ』考察——一九三〇年代ルヴッフの造形美術家集団アルテスとの関係」『西スラヴ学論集』九号、二〇〇六年、五五—八〇頁。

——「両大戦間期ガリツィアの文芸界とユダヤ人」塩川伸明、小松久男、沼野充義編『ユーラシア世界——第二巻ディアスポラ論』東京大学出版会、二〇一二年、一五五—一七九頁。

【訳者紹介】

加藤　有子（かとう・ありこ）

1975年、秋田県生まれ。東京大学文学部美学芸術学専修課程卒業、東京大学大学院総合文化研究科超域文化科学専攻表象文化論コース博士課程単位取得退学。博士（学術）。
現在、名古屋外国語大学外国語学部准教授。専門はポーランド文学・文化、表象文化論。
著書に『ブルーノ・シュルツ――目から手へ』（水声社、第4回表象文化論学会賞）、『ブルーノ・シュルツの世界』（編著、成文社）、訳書に、ゾフィア・ナウコフスカ『メダリオン』（松籟社）などがある。

〈東欧の想像力〉15

アカシアは花咲く　モンタージュ

2018年12月28日　初版発行　　定価はカバーに表示しています
2020年 6月19日　第2刷

著　者　デボラ・フォーゲル
訳　者　加藤　有子
発行者　相坂　一

発行所　松籟社（しょうらいしゃ）
〒612-0801　京都市伏見区深草正覚町1-34
電話　075-531-2878　振替　01040-3-13030
url　http://shoraisha.com/

印刷・製本　亜細亜印刷株式会社
装丁　仁木順平
Printed in Japan

 ISBN978-4-87984-371-5　C0397